ぶらり平蔵

決定版⑮鬼牡丹散る

吉岡道夫

コスミック・時代文庫

本書は二〇一三年五月に刊行された「ぶらり平蔵　鬼牡丹散る」を改訂した「決定版」です。

目次

#「ぶらり平蔵」主な登場人物

神谷平蔵《かみやへいぞう》　旗本千八百石、神谷家の次男。医者にして鐘捲《かねまき》流の剣客。千駄木の家を火事で焼け出され、妻の篠《しの》とともに東本願寺裏に移り住む。

佐治一竿斎《さじいつかんさい》　平蔵の剣の師。妻のお福《ふく》とともに目黒の碑文谷《ひもんや》に隠宅を構える。

矢部伝八郎《やべでんぱちろう》　平蔵の剣友。武家の寡婦《かふ》・育代《いくよ》と所帯を持ち小網町道場に暮らす。

斧田晋吾《おのだしんご》　北町奉行所定町廻り同心。スッポンの異名を持つ探索の腕利き。

本所の常吉《ほんじよつねきち》　斧田の手下の岡っ引き。下っ引きの留松《とめまつ》を配下に使う。

おもん　公儀隠密の黒鍬者《くろくわもの》。料理屋［真砂《まさご》］の女中頭など、様々な顔をもつ。

小笹《こざさ》　おもんに仕える若き女忍。

成宮圭之助《なるみやけいのすけ》　水無月《みなづき》藩郷方廻《ごうかたまわ》り。藩主の横暴に逆らい、許嫁《いいなずけ》の由乃とともに脱藩。

平岡由乃《ひらおかよしの》　郡代《ぐんだい》・平岡源右衛門《げんえもん》の娘。圭之助と江戸で黒豆屋を営む。

高坂将監《こうさかしょうげん》　水無月藩筆頭家老。平岡源右衛門とともに藩政の是正をめざす。

下野守宗勝《しもつけのかみむねかつ》　水無月藩先代藩主。幕府に不行跡を咎《とが》められ、青梅村に永代蟄居《ちっきょ》。

下野守宗善《むねよし》　宗勝の世子。高坂将監らの補佐を得て藩政を行う若き藩主。

由紀《ゆき》　田原町で湯屋［おかめ湯］を女手ひとつで切り盛りする女将《おかみ》。

雪乃《ゆきの》　平蔵が斃《たお》した刺客の妻。画才を認められ雪英《せつえい》の名で浮世絵師に。

佐川七郎太《さがわしちろうた》　因州《いんしゅう》浪人。水無月藩の刺客として平蔵と刃をかわすが、のちに和解。

おひさ　浪人者の娘。夫に逃げられ、乳飲み子を抱えて夜鷹に身を落とす。

小鹿小平太《おじかこへいた》　元刈屋《かりや》藩蔵奉行《くらぶぎょう》下役。妹を弄《もてあそ》んだ家老の息子を斬り捨てて脱藩。

石丸孫助《いしまるまごすけ》　賭場破りの浪人者。林崎夢想《はやしざきむそう》流の遣《つか》い手。

鉢谷甚之介《はちやじんのすけ》　圭之助の幼馴染《おさななじ》み。藩命で圭之助と果たし合い、討ち死に。

真柄源之丞《まがらげんのじょう》　甚之介の義弟。梵天丸《ぼんてんまる》を名乗る放蕩無頼の婆娑羅者《ばさらもの》。

序　章　火種の兆《きざ》し

一

弥生《やよい》（三月）を迎えたとはいえ、ここ山峡《さんきょう》の水無月藩《みなづきはん》の田畑にはいまだに雪が消えずに白く残っている。

水無月藩は山に囲まれてはいるが、それほど峻険《しゅんけん》ではなく、厳しい北風が吹き荒れるということもない。

山は楢《なら》や樫《かし》、楓《かえで》などの樹木に覆《おお》われていて、山峡からは幾筋もの川が流れてきて田畑をうるおしてくれる。

おかげで旱魃《かんばつ》になやまされることもすくなく、百姓たちもその恵みをうけて飢《き》饉《きん》に見舞われるなどということは滅多にない。

藩の禄高よりも、はるかに実入りは豊かだった。

海からの恵みはなかったが、藩内を幾筋も流れる川には鮎《あゆ》が遡上《そじょう》するうえ、岩魚《いわな》や鯉《こい》、鮒《ふな》なども多いため、百姓たちはもとより、藩士たちも城勤めのあいまには釣りにでかけて食膳の菜にする。

近隣の他藩がうらやましがるのも無理はなかった。

——今日も、よい日和《ひより》だの……。

郡奉行《こおりぶぎょう》の平岡源右衛門《ひらおかげんえもん》は配下の同心数人を従えて城下の百姓地を見回りに出向き、つくづくそう思った。

まだ田植えの時期には早く、百姓たちは畑の手入れに余念がなかった。

山裾《やますそ》一帯にひろがる葉莨《はたばこ》や桑《くわ》の木はようやく芽吹きはじめたばかりだった。

水無月藩の禄高は三万五千石だが、藩草創以来、葉莨と養蚕《ようさん》にちからをいれてきた。

泰平の世がつづくにつれて人びとの日々の暮らしのなかにも莨や絹織物が普及するようになってきたおかげで、この数年、葉莨や生糸《きいと》などを江戸や京坂に売りさばくことで藩庫もうるおうようになった。

いまや、財政においては他藩の五万石に匹敵《ひってき》するまでになっている。

藩士の扶持《ふち》は米価で換算するが、藩庫にはいる金銀は別勘定で、剰余金は江戸の商人たちに貸して、毎年、利を生みつづけている。

百姓の女房や娘たちは生糸を紡《つむ》いだり、機織《はたお》りに精をだしている。

生糸や絹織物はそのまま百姓たちの実入りにつながるから、年貢に困って娘を女衒《ぜげん》に売るということもほとんどなかった。

城下には江戸の商人たちの出店があり、そこで生糸や絹織物を買い取って江戸や京坂に運ばれる。

その利益の一部は藩の要路にも献じられることはいうまでもないが、むろんのこと、百姓や城下の商人や町人の財布もうるおい、祭りも盛んになるし、花街《かがい》も賑《にぎ》わう。

これらは歴代の藩主が率先しておしすすめた政策の成果であることは藩士たちもよく知っている。

そのため水無月藩では百姓一揆などはこれまで一度も起こったことはなかった。

ただ先の殿、下野守《しもつけのかみ》宗勝《むねかつ》はそのことに奢《おご》り、暴君にもなったのも事実である。

――大殿は奢りが過ぎて傲慢《ごうまん》になられたのじゃ……。

平岡源右衛門はホロ苦い目になった。

――まこと政《まつりごと》というものは両刃《もろは》の剣のようなものよ……。

今日も村落のあちこちからは女たちが日がな一日、機を織る音がぱたん、ぱたんと絶え間なく聞こえてくる。

八代将軍吉宗《よしむね》は質素倹約令《しっそけんやくれい》を発し、みずからも年中綿服《めんぷく》で、冬も足袋《たび》を履《は》かずに裸足《はだし》でとおしているという。

しかし、吉原《よしわら》の花魁《おいらん》は一夜の夢を売るのが商売だけに絹物しか身につけない。

また、大名や大身旗本はもとより、その奥方や内女中たちも競って肌ざわりのよい絹物を身につけたがる。

むろん裕福な商人たちの妻や娘も絹物を着たがるし、日頃は木綿着ではたらいている町人の女房や娘も、せめて晴れ着には絹物を身につけたくなる。

——それが人情というものだろう。

公儀の質素倹約令も悪くはないが、度を過ぎるのも考えものだ……。

藩内随一の堅物《かたぶつ》で聞こえている平岡源右衛門も、内心ではひそかにそう思っている。

経済というのは生き物で、人の気持ちが委縮すると世の中に活気がなくなる。

——御公儀にも、そのあたりの気配りが欲しいものじゃ……。

そうは思うが、源右衛門自身は郡奉行という職務柄、藩内の村を見て回るには惜しげもなく着られる綿服で通している。

ことに妻を亡くしたあと身の回りの世話をしてくれていた一人娘の由乃《よしの》が、先年、許婚《いいなずけ》の成宮圭之助《なるみやけいのすけ》と手に手をとって脱藩し、江戸で住まうようになってからは、長年、屋敷に住みついている気のきかない婆さん女中にまかせきりになった。

そのせいか火熨斗《ひのし》をかけぬ袴《はかま》や、小鉤《こはぜ》がとれたままの足袋で登城しようとして、家士をあわてさせている。

一人娘の由乃が脱藩するにいたったのは、先代藩主の下野守宗勝が由乃の美貌に執心して、強引に側女《そばめ》にしようとしたのがきっかけだったのである。

すでに成宮圭之助との結納もすませ、婚儀も間近に迫っていた由乃を藩主の漁色《ぎょしょく》に奉じるわけにはいかなかった。

二人に脱藩するようすすめた源右衛門は、宗勝の怒りを受けて蟄居閉門《ちっきょへいもん》させられ郡奉行の地位も失った。

しかし、宗勝はその行状を幕府から咎《とが》められて蟄居の身となり、世子《せいし》の宗善《むねよし》が十五歳という若さで藩主の座についたのである。

前藩主の宗勝に迎合して、藩政を壟断《ろうだん》していた側用人《そばようにん》の三沢主膳《みさわしゅぜん》は切腹を命じられ、家名断絶となった。

宗善の補佐役でもある堀田直定《ほったなおさだ》や藩草創来の名門たちが協議のうえ執政陣も刷新されて、藩内でも硬骨漢《こうこつかん》で知られた郡代の高坂将監《こうさかしょうげん》があらたに筆頭家老に抜擢《ばってき》された。

将監はすぐさま源右衛門の蟄居閉門を解いて郡奉行の座にもどした。

由乃と圭之助の二人も脱藩の罪を許されて帰藩するよううながされたが、二人は扶持米取りの武士を捨てて、江戸の市井《しせい》に生きる道をえらんだのである。

圭之助は禄高二十五石、無外流《むがいりゅう》の畑中《はたなか》道場で門弟筆頭の座を譲ることがなかった剣士だったが、暮らしは食うのがやっとという貧しいものだった。

二人が藩に戻ろうとしなかった心情は源右衛門にもわからなくもない。

武士などというものは政の雲行きひとつで、いつ、どうなるかわからぬ笹小舟《ささおぶね》のようなものだ。

武士の魂《たましい》ともいわれる剣などは滅多に使う機会もなく、算盤《そろばん》と世渡りに長《た》けた者が幅をきかす味気ない時代である。

由乃が成宮圭之助とともに江戸の市井に馴染《なじ》んで暮らしの道を見つけたのなら、それも、またよかろうと源右衛門は思っている。

ただし、二人に赤子が生まれたら男子、女子にかかわらず源右衛門の手元に寄越し、平岡家を継がせる約束になっている。

さいわい、由乃は身籠もったというから、赤子が乳離れする三年か五年後あたりには孫の顔が見られるだろう。

——できれば元気な男の子がいいがの……。

そんな虫のいい、よしなしごとを思い、いかつい顔をニタリとほころばせながら残雪の村道をたどっていたとき、彼方《かなた》の街道を城下に向かう編笠の侍が目にとまった。

——うむ、あれは……。

ぐいと眉根をよせて、遠目に編笠の下の侍の横顔を見やった。

色白だが眉目《びもく》がきりっとし、鼻筋の通ったなかなかの美男子である。

侍は真柄《まがら》家の家紋である［鬼牡丹《おにぼたん》］の紋付き羽織を着用している。

——まちがいない。真柄源之丞《げんのじょう》だ……。

まだ、前髪のころは城下の女どもが、だれしも目ひき袖《そで》ひきして道場に通う源之丞の美男子ぶりに見惚《みと》れたものだった。

源之丞は亡き鉢谷《はちや》甚之介《じんのすけ》の妻だった芙美《ふみ》の弟である。

寺社奉行の要職にあった安藤采女正《あんどううねめのしょう》の次男に生まれた源之丞は十五歳のとき真

柄家に養子に出されたが、成宮圭之助とおなじ畑中道場で十九歳のとき免許皆伝《めんきょかいでん》を許され、その技は師を凌《しの》ぐとまで評された剣士でもある。

真柄家の養子になったのも、真柄家の家紋である［鬼牡丹］が気にいったからというだけのことで、温厚な養父のいうことなどは、まるで無視して好き勝手に振る舞っていたほど我欲の強い気性だった。

その気性が逆に剣には向いていたらしく、道場に通いはじめると、みるみるうちに頭角をあらわしたのである。

義兄の鉢谷甚之介は藩中随一の剣士と称されていたものの、源之丞も年下ながら、剣士としては甚之介とは五分五分、いやそれ以上の遣《つか》い手かも知れぬといわれていた。

ただ生来の婆娑羅者《ばさらもの》で、十六のころには取り巻きをひきつれ、だれかれなしに喧嘩《けんか》をふっかけ、刃傷沙汰《にんじょうざた》を起こすこともあった。

その尻ぬぐいに、養父はもとより実父の安藤采女正までさんざん悩まされていた。

婆娑羅者とはなにごとも勝手気儘《きまま》に振る舞う者のことをいう。いうなれば何をしでかすかわからない、はた迷惑な気性である。

源之丞は義兄の甚之介が諸国廻国の旅に出る二年前に、武芸精進のためという書き置きを残したまま無断で水無月藩を出奔《しゅっぽん》して以来、六年余になる。

藩の許可もなく無断で出奔しているから、脱藩者ということになるが、実父の安藤采女正が寺社奉行の要職にあったということもあり、武芸精進のためという大義名分のもとに藩では討っ手も出さず放置されていた。

真柄家は藩草創のころからの由緒ある名門で、戦国時代には武勇で聞こえた家だったという。

だが、養父の真柄善兵衛《ぜんべえ》は勘定組頭を務める典型的な算盤侍で、武芸とはおよそ無縁な温和な男だった。

藩主のお声がかりで源之丞を養子にしたものの、内心はもてあましていたというのが実情だった。

源之丞が無断で藩を出奔したあと、真柄善兵衛は間もなく源之丞の除籍願いをだして、他家から養子をもらい受け、すでに跡目相続もすませている。

――いまさら、なんのための帰国じゃ……。

不審を覚えた源右衛門は配下の同心を呼んで、源之丞の行く先を確かめるよう命じた。

生家の安藤家に戻ればまだしも、真柄家にでも舞い戻ったりしたら厄介《やっかい》な火種になるのは目に見えている。

二

――その夜。

水無月藩筆頭家老の高坂将監はすでに床についていたが、平岡源右衛門が夜陰《やいん》にもかかわらず訪ねてきたと聞いて、すぐさま起きだした。

平岡源右衛門は農政にかけては右にでる者がいない人物で、いずれは郡代の座につかせたいと将監も思っている男である。

――いったい、何事じゃ……。

眉根に皺《しわ》を刻んだものの、源右衛門はよほどのことがなければ深夜に面会をもとめてくるような男ではない。

――よほど気がかりなことでも起きたにちがいないな……。

将監は客間に通すよう家士に命じておいてから、内女中の手を借りて、急いで着替えをすませた。

将監は普段着に袖無し羽織という軽装のままで寝所から廊下を渡り、平岡源右衛門を待たせてある客間に向かった。

山国だけに深夜は底冷えがする。

ひとつ胴震いして、つきしたがってきた家士に酒の支度をするようにいいつけ、客間に足を踏み入れた。

平岡源右衛門が、いかつい角顔に厳しい縦皺を刻んで端座していた。

「夜分、不躾《ぶしつけ》におしかけて参り、申しわけござらん」

源右衛門が深ぶかと頭をさげて見迎えた。

「明日にでもと思いましたが、城中では耳目《じもく》にもはばかりあることゆえ、おして罷《まか》りこしましてござる」

「密議に類するということだな」

「いかにも……」

源右衛門は袴の裾をさばいて膝を押し進めると、声をひそめた。

「どうやら、先の大殿にもかかわりのあることでござる」

「なんじゃ、と……」

高坂将監は思わず訊きかえした。

蟄居の身とはいえ、現藩主の実父であり、しかも、いまだに家中には宗勝の息のかかった藩士もおおく、無下《むげ》にあつかうわけにはいかなかった。

隠宅が城下の青梅村《おうめむら》にある宗勝が建てた別屋敷にあることから、藩士たちは宗勝のことを青梅の御隠居とも呼んでいる。

平岡源右衛門は角顔の下から、炯々《けいけい》とした団栗眼《どんぐりまなこ》をすくいあげた。

「今日、郷廻りの途中で真柄源之丞が帰国したのを見ましたが、このこと、ご家老は耳にされましたかな」

「なに、あの婆娑羅者が帰藩したとな」

将監は思わず眉をひそめた。

「いや、聞いてはおらぬぞ。それに真柄家ではすでにあらたな養子を迎えておる。いまさら戻られても屋敷におるわけにはいくまいし、生家の安藤家でも具合悪《あ》しかろう」

「いえ、源之丞はいずれの屋敷にも顔はだしておりませぬ。配下の郷方《ごうかた》同心にあとをつけさせましたところ、青梅の御隠居の屋敷にはいったげにござる」

「…………」

将監は目を剝《む》いて、しばし絶句した。

「きゃつめ……いったい、何を考えておるのじゃ。まさか、青梅の御隠居の袖にすがって真柄家にとりなしを頼もうというわけではあるまい」

「なんの、あの婆娑羅者で聞こえた男が、そのような負け犬めいた真似をするわけがござらん」

　源右衛門はこともなげに一蹴《いっしゅう》して、ずいと膝をおしすすめた。

「かの男は尾張《おわり》の宗春《むねはる》公のもとに身を寄せていたということゆえ、もしやすると源之丞めは青梅の御隠居をとりこんで、なにか企《たくら》んでおるやも知れませぬぞ」

「う、ううむ……」

　将監は呪詛《じゅそ》にみちた唸《うな》り声をもらした。

　尾張の宗春公は藩主継友《つぐとも》公の弟で、紀州《きしゅう》藩主だった吉宗が将軍位についたことが気にいらず、継友の跡を継いで尾張藩主の座についてからも、何かにつけて公儀に盾《たて》つく振る舞いが多い婆娑羅大名である。

　しかも、青梅の御隠居の下野守宗勝はかねてから、宗春公とはよしみを通じている仲でもある。

　源右衛門の危惧《きぐ》はあながちありえないことでもなかった。

　下野守宗勝がいまだに公儀の処断に不満を抱いていることは高坂将監も知って

いる。

かつ藩内には、宗勝の跡を継いで藩主となった宗善が十五歳という若年で、穏やかな性格だが、藩政は高坂将監にまかせきりということに不満を持つ者がいることもわかっている。

山国の夜は深閑《しんかん》として、城下とはいえ人が往来する気配もない。ときおり流しの按摩《あんま》の笛の音が侘《わび》しく聞こえるくらいのものだ。

そのとき、内女中が酒肴《しゅこう》の膳を運んできたので、しばらく二人の会話は途切れた。

三

ややあって、盃を置いた源右衛門が口をひらいた。

「ともあれ、源之丞がなんのあてもなく、ただ御隠居の見舞いにだけ立ち戻ったというはずはござらん。なにせ、青梅の御隠居はなかなかどうして生臭い御方ゆえ……」

「そちのもうすとおり、あの御方は寸時たりとも目ばなしのできぬ厄介な御仁《ごじん》じゃ」

「さよう。先の大殿はもともと、今の殿よりも脇腹の千代松君《ちよまつぎみ》を世子にしたいと思うておられましたことは、周知にござる」

「わかっておる。なにせ、殿の御生母は権高《けんだか》い御方ゆえ、御隠居とも折り合い悪しかったのはたしかじゃ」

先の殿である下野守宗勝の正室は京の公家の娘で、六代将軍家宣《いえのぶ》のお声がかりで押しつけられた姫である。

品もあり、なかなかの京美人だったが、なにごとにも京風の風雅を好み、茶の湯や和歌の道とは無縁でかつ自我の強い宗勝とは、肌合いがまるでちがっていた。婚した当初は初物《はつもの》のめずらしさもあって、しげしげと奥に足を運んで寝所をともにしたものの、半年とたたぬうちに飽きてしまったらしい。

そして、その間に身籠もった正室が世子を出産してからは、宗勝と閨《ねや》をともにすることは絶えてなかった。

そのせいもあって、宗勝が側室の産んだ次男の千代松君のほうを偏愛していたことは藩内のだれしもが知っていた。

しかも、千代松君の母は尾張家の血筋から迎えた側室でもあり、かねてから尾張家と昵懇《じっこん》の間柄でもあった。

宗勝としては世子の宗善をいずれは廃嫡《はいちゃく》し、溺愛《できあい》していた千代松君を世子にしたい意向だったことは、将監のみならず藩の重臣たちにも知れわたっている。

宗善はすでに公儀に認知されている現藩主だが、下野守宗勝は自我が強いばかりではなく、権謀術策《けんぼうじゅつさく》に長けた野心家でもある。豪腕の高坂将監としても、そのあたりのことは配慮せざるをえなかった。

「ふうむ……かというて、御隠居の屋敷を訪れた者をどうこうするというわけにもいかぬぞ。商人も出入りしておるし、庭師や百姓、ときには千代松君もときおり見舞いの者を差し向けられておる」

高坂将監は太い溜息をもらした。

「いかに蟄居謹慎中とはもうせ、あまり厳しく出入りを禁止するというわけにもいかぬ。常時、ひそかに見張りの者をつけてしばらくようすをみるしかあるまいな」

「何はともあれ、当藩としては何がなんでも今の殿をお守りせずばなりますまい。藩の命運は、その一儀につきますぞ」

源右衛門は、ひたと高坂将監を見返した。

「うむ。いうまでもないわ」

　高坂将監は厳しい眼差しになった。

「これからは江戸表におわす殿の身辺警護も固めずばなるまい」

「さよう。いまの江戸屋敷の者はいたって軟弱者が多く、こころもとないかぎりにござる。近習《きんじゅう》に腕がたって信頼できる者を差し向けねばなりますまい」

「そうじゃ、源右衛門。いっそのこと成宮圭之助を殿の近習に取り立ててはどうかの」

「なんと……」

　源右衛門は絶句した。

「なにせ、源之丞は青二才のころから婆娑羅者といわれた男じゃ。しかも、若年のころより剣の遣い手として知られた男、なにをしでかすか知れたものではないぞ」

「しかし、圭之助めは由乃とともに江戸の市井で穏やかに暮らしたいともうしておりますれば、いまさら近習にともうしても」

「ちっ、由乃はそちの娘ではないか。なんとかせい！　なんとか」

　高坂将監は居丈高《いたけだか》に癇《かん》ばしった声をはりあげた。

「成宮圭之助は藩中第一といわれた鉢谷甚之介を討ち果たしたほどの剣士だぞ。殿の身辺警護にはうってつけの男ではないか。近習頭に取り立て、扶持は三百石をとらそう。どうじゃな。ン？」

「ご家老……」

平岡源右衛門はあまりにも飛躍しすぎた高坂将監の思いつきに言葉を失った。

郡奉行の源右衛門でも二百五十石、かつての圭之助は郷方廻りで禄高は二十五石の軽輩だったのである。

「むろん、近習や小姓《こしょう》には藩でもえりぬきの遣い手を送って殿の身辺を固めさせる」

「それはなによりのことでござるが……」

「藩の危急存亡にかかわることじゃ。だれにも文句はいわさぬ。明日、登城して郡代の石栗嘉門《いしぐりかもん》を中老にし、そちを郡代に推挙して禄も石栗とおなじく八百石をあたえよう」

高坂将監はつぎつぎに独り合点で強引な人事を口にした。

「い、いや、石栗さまはいずれは藩の柱石になられる御方なれど、てまえは……」

「なんの、いずれはそちを郡代にと、かねてより思うていたことよ。また、殿の補佐役の堀田どのにはそれがしが早速面談し、青梅の御隠居の妄動《もうどう》に気をつけられるよう念をおしておこう」

豪腕で聞こえた高坂将監らしく、一人できめつけ、おおきくうなずいた。

「いまさら、かの御隠居に藩政をかきまわされてはたまらん。そうじゃ、真柄家と安藤家にも源之丞の監視を怠らぬようもうしつけておかねばなるまい」

将監の打つ手はツボにはまっていたが、それだけで果たして源之丞の動きを封じることができるかどうか……。

いまや、水無月の藩政を一手に掌握している高坂将監とはいえ、宗勝の妄動を封じこめることができるか……。

源右衛門は胸の奥底に得体の知れない暗雲が影を落としてくるのを感じていた。

そして、いまは江戸の市井に懸命に生きている圭之助と由乃の二人を、またもや藩の権力争いの渦中に巻き込みかねないことを案じずにはいられなかった。

遠くで夜鴉《よがらす》の鳴く声が鋭く聞こえた。

それが、なにやら不吉な変事を暗示しているような気がして、源右衛門は額に深い縦皺をよせた。

四

――深更《しんこう》。

前藩主の宗勝は城下はずれにある青梅の隠宅で、真柄源之丞と酒を酌《く》み交わしていた。

公儀により蟄居させられたとはいえ、下野守宗勝は現藩主宗善の実父である。

私財は結構蓄えがあったらしく、蟄居中にもかかわらず屋敷に大工や植木職人をいれて改築し、庭も広くした。

十八畳もある客間の床の間には立派な刀架けも置いてあり、長押《なげし》には槍《やり》も架けてある。

家士や下男もいれば台所女中はむろん、身の回りの世話をする側女中もいる。

藩から差し向けられた目付役の老女は五十過ぎの大年増《おおどしま》だが、あとの女中たちは二十歳《はたち》から三十前の女盛りで、酒の酌《しゃく》もすれば寝間の相手もする。

藩士の娘で、夫を亡くし、生家にもどっていた女もいたが、なかには近郷の百姓の娘で土臭いが見目よい娘もいた。

しかし、今夜の宗勝はそれらの女たちは遠ざけて、真柄源之丞と二人きりで酒を酌み交わしながら密談にふけっていた。

「実はの、源之丞。わしは江戸の商人の何人かに貸しがある」

宗勝は双眸《そうぼう》を細めて、意味ありげに切り出した。

「なるほど………」

源之丞はべつに驚いたようすもなく、盃を口に運びながら、目を糸のように細めて宗勝を見返した。

「これはわしの隠し金での。むろん、今の執政どものだれもが知らぬ金じゃ。かねてより内々で側用人の三沢主膳に命じて秘匿《ひとく》しておいたものよ」

宗勝は半身を乗りだし、声をひそめた。

「江戸の御用商人どもに預けてあったが、わしが蟄居させられたのをいいことに、きゃつらめ、知らぬ顔のはんべえで、猫ばばをきめこんでおる……」

宗勝は先の藩主とも思えぬ下世話な言い回しで、いまいましげに舌打ちした。

「この隠し金は、わしが参勤交代で江戸におもむいたおりに散じようと秘匿させておいた金じゃ」

「ははぁ、つまりは遊興のための隠し金でございますな」

「そうよ、なにせ、吉原の花魁を侍《はべ》らせれば一夜の伽《とぎ》で千金が消える。江戸の商人のなかには座敷に小判を撒《ま》いて、おなごどもに拾わせて酒宴の座興にする者もいるというからのう」

宗勝はいまいましげに口をへの字にひんまげた。

「で、その大殿の隠し金はいかほどになりましょうや……」

「そうよ、かれこれ、あわせれば一万八千両を超えような」

「なんと……」

源之丞の双眸が細く切れた。

「一万八千両とは、また豪儀でござるな」

「うむ。江戸や京坂の商人どもは葉莨と生糸や絹織物を喉から手が出るほど欲しがる。それればかりではなく、わしが昵懇にしておる幕閣の重臣方をはじめ勘定奉行や寺社奉行への口利きを求めてきたゆえな」

「なるほど、その見返りのためには小判を惜しまず大殿に献じたということでござるな」

「ま、そういうことじゃ。仲立ちをしたのは三沢主膳じゃったが、その金を商人どもに預けて利鞘《りざや》を蓄えさせておいたのよ」

「ほほう、それは、また……」

「その主膳めも公儀の咎めを受け、お陀仏《だぶつ》になりおった」

「と、もうされると、その金はいまだに商人どもの手元に……」

「うむ。なにせ、藩の執政どもも知らぬ隠し金ゆえな。とはいえ、いまのわしにはどうにもならぬ」

「ははぁ……」

「とはもうせ、このまま捨ておけば、せっかくの隠し金も古証文《ふるしょうもん》になってしもうて、商人の腹を肥やすだけになろう」

「いかさま……一万八千両ともなると、いかに大店《おおだな》のあるじどもとはいえ、滅多なことでは手放しますまい」

「うむ。そこでじゃ……」

宗勝は脇息《きょうそく》に身を乗りだした。

「近《ちこ》うよれ、近う……そこでは話が遠い」

宗勝は手招きし、源之丞の耳元で何事かささやいた。

「ほほう、名目金貸《みょうもくきんが》しでござるか……」

「これ、声が高い。壁に耳ありともうすであろう」

宗勝はまたもや前藩主らしからぬ俗なことを口にすると、脇息に肘《ひじ》をついて、源之丞の耳にささやいた。

「ほほう。金ばかりではなく、色仕掛けとはまた……商人というのは銭のためには、そのようなことまでしてのけるものですかな」

「なんの、譜代《ふだい》大名のなかには内室ばかりか、姫までも常憲院《じょうけんいん》さま（綱吉《つなよし》）に献じて老中の座を手中にした御方さえおる世の中よ」

「そのことなら、それがしも存じております。いくら色好みとはいえ母娘ともどもとは、献じたほうも献じたほうなれど、求めた常憲院さまも浅ましいかぎりでござる」

「ふふふ、そうはいうがの。およそ黄金とおなごの色に迷わぬものなど世の中におらぬということじゃ」

「いかにも……」

源之丞は皮肉な笑みを口辺に漂わせた。

そういう宗勝も、そのために藩主の座を失ったようなものである。

「どうじゃな、源之丞……その商人どもの隠し金、そちが見事、取り立ててくれれば三千両はそちにとらすぞ」

「ははぁ……それがしを呼ばれたのはそのためでござるか」

「うむ。このことは滅多な者に託すわけにはいかぬ。そちのような婆娑羅者でのうては託せぬことゆえな」

「なるほど……」

「どうじゃな。そちもいまさら、帰藩するわけにはいかぬであろうし、また、帰藩したところで、城勤めで満足するような男でもあるまい。……かというて何をするにも先立つものは金じゃ。三千両もあれば、ずいぶんとおもしろいこともできようぞ」

「ふうむ、して大殿は残りの一万五千両で何をなさろうと……」

「きまっておるわ。幕閣の要路要路に献じて永代蟄居をなんとか謹慎ぐらいにゆるめてもらい、宗善にかえて千代松を藩主にし、わしが後ろ盾になって藩政を思うがままに動かしてみせるのよ」

「そう、うまく事が運びますかな……」

「なんの、この世は万事が金。公儀の老中方とて千金、万金を使えばどうとでもなる」

「…………」

「なに、そういう手配りは江戸の上屋敷にいる留守居役の佐山藤内《さやまとうない》にやらせればよい。あやつはそういう策略には長けた男ゆえな」

「………」

「ほかにも藩内にはわしの意のままに動く者がおるゆえなんとでもなるが、肝心なのは江戸の商人どもから小判を吐き出させることじゃ。事を謀《はか》るには空手ではどうにもならぬゆえな」

「とはいえ、金は商人の命、また、おおやけにはできぬ隠し金となればなおさらのこと、容易なことでは吐き出しませぬぞ」

「そこをどうやって吐き出させるかはそちの才覚次第、もともと商人どもも表沙汰にはできぬ金じゃ。なに、少々荒事になろうがかまわぬ」

宗勝は床の間の手文庫を引き寄せると、切り餅《きりもち》（二十五両）を四つと、古い文《ふみ》の束を取り出して、源之丞の前に置いた。

「その文は、いずれも江戸の商人どもがわしに宛てて寄越した、いわば願い事や金の預かり証文での。表沙汰になれば、商人たちはむろん、いまも公儀の要職におる者も無事ではすまぬであろうよ」

「ほほう……つまりは脅しの種になる証拠の文でございますな」

「どうじゃ。やってみぬか……」

宗勝の双眸が酒の酔いと、野心の炎でギラギラと炯《ひか》っている。

「万が一のおりには尾張の江戸藩邸におる天野主税《あまのちから》という男を頼るがよい。小姓組の組頭で、なかなかの切れ者じゃが、おなごには目がない男よ」

「なるほど……そこが付け目ということですな」

真柄源之丞はにやりとした。

「ふふふ、吉と出るか凶と出るかつかみどころのないような話でございますが……」

源之丞は盃の酒を口にふくむと、底光りのする目で宗勝を見やった。

「ただし、それだけの大博打《おおばくち》の元手が百両では、ちと気乗りがいたしませぬな。それなりの腹のすわった者どもを集めるには、まず、その五倍はかかりましょうぞ」

「五百両、か……」

「さよう。相手は海千山千《うみせんやません》の商人。江戸には食いつめものの浪人者があふれておりますが、そやつらのなかで使える者を誘うとなれば、まず山吹色《やまぶきいろ》の小判でござろう」

「それに見目よいおなごも抱かせてやらねばなりますまい。大殿もご承知のように、所詮《しょせん》、この世は色と欲……」

「う、ううむ……」

真柄源之丞は冷ややかな双眸で宗勝を見すえた。

「そのことよ。そちも男盛りゆえ、美女を褥《しとね》に侍らせたいであろう」

「なんの、それがしはおなごなどいう生臭い毛物《けもの》には吐き気がいたします」

「ははぁ、そちは剣一筋で、おなごを抱いたことはないのか」

「ま、そのことはよいではありませぬか」

「ほほう、ならば、そちは衆道《しゅどう》好みか」

衆道とは男が男と情をかわすことである。

俗に稚児《ちご》好みともいって、戦国の威風が残っていたころは大名のなかには女よりも若い小姓の臀《しり》を抱くものも多かったという。

三代将軍家光《いえみつ》が稚児好みで女を寄せつけなかったため春日局《かすがのつぼね》が頭を悩ませたといわれているし、僧侶のなかには女犯《にょぼん》を恐れて小坊主の臀を抱くものもいるらしい。

「なんの……それがしはいたって不調法でしてな。どちらにも一向に興味がございませぬ」

「ほう、変わり者よのう」

「ただ、それがしは退屈がなにより嫌いな性分でござるゆえ、銭の亡者どもに一泡吹かしてみるのも一興かと……」

そのとき……。

天井にはりついていた一匹の蛾《が》が部屋の隅に置かれた行灯《あんどん》のなかに飛びこみ、火皿のなかの灯心の炎にチリチリと焼かれ、バタバタともがきながら死んだ。

真柄源之丞はふいに腰を起こしざま、かたわらの大刀を抜きはなつと、畳に鋒《きつさき》を向けて床下まで貫き通した。

床下で低く押し殺した呻《うめ》き声がし、刀身がかすかに震えた。

「げ、源之丞……」

宗勝が愕然《がくぜん》として、腰を浮かした。

真柄源之丞がぐいと刀身を引き抜いて、鋒を宗勝にしめした。

鋒が鮮血に赤く染まっている。

「こ、これは！」

言葉を失った宗勝を源之丞は切れ長の双眸で見やった。

「どうやら大殿の身辺は何者かに見張られているようですな」

「将監じゃ！　曲者《くせもの》は将監の手の者にちがいない」

宗勝はせわしなく手を叩いて家士を呼びつけると床下を探すよう命じた。

「ご安心なされ。床下の鼠《ねずみ》は一匹、すでに息絶えておりまする」

真柄源之丞は涼しい顔で刀身の血脂《ちあぶら》を懐紙《かいし》で拭《ぬぐ》いとって冷ややかな笑みを向けた。

「このぶんでは大殿も下手《へた》をすると、かつての家臣どもからお命まで狙われかねませぬぞ」

「う、ううむ……」

宗勝の顔色が紙のように白くなった。

そのとき暗夜にアオバズクの鳴き声が、なにやらもの悲しく聞こえてきた。

～ホッホ――、ホーッ……ホッホ――、ホッ……。

五

――その時。

宗勝の蟄居屋敷の床下から鼬《いたち》のようにすばしっこく這い出した黒衣の人影が、素早く庭木の木陰を縫うと、音もなくましらのごとく土塀を身軽に跳び越えた。

その外で待ち構えていたもう一人の黒衣の人影とともに夜陰にまぎれて溶け込んでいった。


――四半刻（三十分）後。

おもんと小笹《こざさ》は水田の脇に建つ水車小屋のなかにいた。

「おもんさま、それにしても隠し金が一万八千両とは驚きました」

「あの御隠居はどこまでも強欲なおひとよ。まだ性懲《しょうこ》りもなく、生臭いことを企んでおるようだね」

干し栗を噛みしめながら、おもんは舌打ちした。

「あの婆娑羅者が尾張を出たときから、何かしでかすと思っていたけれど、まさか、あの御隠居とつながっていようとは……」

「やはり尾張の宗春公は天下人への野心を、いまだに捨て切れていなかったのですね」

「なにせ、宗春公は鴉組《からすぐみ》という手駒をお持ちゆえ、よほど用心してかからねば……」

「御隠居の隠し金もいずれは鴉組の手に渡るのでしょうか」

「さ、そこまではわからぬが……」

おもんの双眸が細く切れた。

「それにしても、おまえも、よく源之丞の刃《やいば》をかわしたね」

「ああいうこともあろうかと思って、捕らえておいた鼬を手鎖《てぐさり》で四肢を縛り、床下の柱に繋《つな》いでおきましたゆえ……」

「ふふふ、鼬を身代わりに使うとは小笹もどうやら一人前の忍びになったようだ」

「いいえ、気配を感づかれるようではまだまだございますよ」

「なんの、あの婆娑羅者の勘ばたらきは尋常のものではない。これから江戸が忙しくなりそうだね。急いで戻りましょう」

「はい……」

二人は水車小屋を出ると、漆黒《しっこく》の暗夜を縫って、風のように領内を奔《はし》りぬけ、藩境をめざした。

二人とも幼いころから、暗夜、河原の砂利のなかに投げられた印のついた小石を探してくるように命じられたり、草むらのなかの蟻《あり》をとらされたりした。

また、水中に息つぎせずにどれだけ潜っていられるかの修練を課せられたり、道のない山道を風のごとく走る鍛錬も重ねてきた。

ともに十五歳からは小太刀《こだち》はもとより、柔術や投げ爪など、さまざまな戦闘力も身につけてきた。

おもんが一人前の黒鍬《くろくわ》の女忍びになってからは、小笹を鍛えるよう預けられた。

おもんは十六のとき、頭領によって女にさせられ、男の欲望を操る術を教わってきた。

むろんのこと、小笹もまた、おもんとおなじ道をたどってきた。

いまや、ふたりは何も語らなくとも、思いは通じあうほど親密な間柄になっている。

その日のうちに、ふたりは水無月藩の領内を出て江戸に向かった。

第一章　蛇骨《じやこつ》長屋の患者

一

桜の花が散り始めた晩春、梅雨《つゆ》入りには早いというのに長雨が二十日近くもつづいている。

大川《おおかわ》が日毎に増水し、浅草田圃《あさくさたんぼ》の水が浅草寺《せんそうじ》界隈《かいわい》にも流れこみ、道はぬかるんで草鞋《わらじ》や雪駄《せった》では足元がすべるため、町人も下駄履《ば》きになるものが多かった。

寺社や武家屋敷は敷地が高いし、周囲に下水溝があるため浸水の恐れは今のところなかったが、町屋のなかには床下まで水に浸かるところがふえてきた。

幕府は普請《ふしん》の人足をかきあつめ、排水工事を急がせているが、降りつづく長雨といたちごっこになっている。

ここ東本願寺《ひがしほんがんじ》の裏手にある誓願寺《せいがんじ》の門前町に住まいし、町医者の看板を掲げている神谷平蔵《かみやへいぞう》の診療所にも、長雨で体調をくずした患者たちがちょくちょく治療をもとめてやってくる。

「せんせい。なんだか、ここんとこ胃もたれしちゃって、なにを食べてもおいしくないいんですよう」

すぐ近くの蛇骨《じゃこつ》長屋に住む、おうめという女が昼前に浮かぬ顔つきで訴えてきた。

おうめは吾助《ごすけ》という、腕のいい自前大工の女房である。

年は二十四、子は二人もいるが、広小路《ひろこうじ》の茶店で茶汲《ちゃく》み女をしていたとき、吾助が惚《ほ》れて通いつめて女房にしたと聞いている。

そのせいか、日頃から亭主を尻に敷いていて芝居見物にうつつをぬかし、それがもとで吾助と取っ組み合いの喧嘩《けんか》も辞さない猛妻という評判の女でもある。

その、おうめが元気なく、しおたれた青菜みたいにげんなりしている。

ともかく、おうめを診察室に使っている玄関脇の六畳間に敷いた茣蓙《ござ》のうえに仰向けに寝かせると、帯紐《おびひも》を解いて着物の裾《すそ》をひらくようにいった。

「ふふ、ふ、せんせいにお腹《なか》を見られると思うとなんか乙《おつ》な気分になってきちゃう」

おうめはあっけらかんとした口ぶりで、着物の裾をひらくと、ついでに赤い腰巻までたくしあげて白い腹をさらした。

「おい、おうめ。診察は腰巻のうえからでもできるんだぞ」

「いいわよ。せんせいにならどこ見られてもかまやしないもの……」

くくっと忍び笑いして、からかうような目つきをすくいあげた。

「ちっ、しょうのないやつだな」

苦笑いしながら腰巻の裾を股間にかけてやって、おうめの白く、ぽってりとした下腹にある関元《かんげん》のツボを指で丹念に触診した。

「せんせい、なにか悪い病いにでもとりつかれてるんですか」

「いや、そういう懸念はないようだが、念のため今度は腹ばいになってみろ」

「は、はい……」

おうめは素直に腰をよじって茣蓙のうえに腹ばいになって木枕を抱えこんだ。

「よしよし……それでよい」

平蔵が厚みのある、おうめの腰のうえに跨《また》がって背骨の左右にある腎兪《じんゆ》と肝兪《かんゆ》のツボを強く何度も親指で指圧しているうち、おうめの腹がごろごろと鳴りはじめた。

「ははぁ、だいぶんに溜めなくてもよいものを溜めこんでいるな」

「え……」

おうめがけげんそうに顔を振り向けようとした途端、ぷうう〜っと音も高らかに一発、屁《へ》をひりだした。

「あら、いやだ……恥ずかしいっちゃありゃしないわ」

おうめは抱えこんでいた木枕に顔をおしつけて身をよじった。

「はっはっは、股ぐらの観音さままでご開帳しておいて恥ずかしいもないだろう」

「そんなぁ……」

おうめが身悶《みもだ》えした途端、もう一発、ぷうううっと二発目の盛大な音が鳴った。

「もう、いやっ……」

「どうだ。楽になったろう」

「え……」

「ふふふ、おまえは病いでもなんでもない。なんのことはない、ただの糞《ふん》づまりだ。心配はいらん」

「そんなぁ、嘘でしょ。……だって、あたし、日に一度はちゃんと厠《かわや》にいって、出すものは出してますよう」

おうめは起き上がると、着物の裾をおろしながら不服そうに口を尖《とが》らせた。

「ふふふ、毎日通じがあるといっても、ううんと目一杯に力まんと出ないような固い代物だろうが」

「やだなぁ、もう、せんせいは……」

おうめは座りなおしながら躰をくねらせた。

「ものにはいいようってものがあるでしょうにぃ……」

「なにがいいようだ。おまえが子を産んだとき取りあげてやったのを忘れたか。股ぐらのどこに黒子《ほくろ》があるかも知っておるぞ」

「ン、もう……」

おうめは妙に腰をくねらせ、ピシャリと平蔵の肩をぶって赤くなった。

「え、ええ……そりゃ、ま、すんなりいかないときは力むこともありますけどね」

「出ても親指みたいなのがひとつかふたつがいいところじゃないのか」

「え……ええ、まぁ」

「それじゃいかん。ふつうは厠にしゃがめば間もなくして自然に牛蒡《ごぼう》か人参《にんじん》みたいなのがもくもくと出てくるもんだ。それに、あまり力んでばかりいるとそのうち痔《じ》にならんともかぎらん」

「いやだなぁ、痔だなんて……お尻の穴が切れて血がでるやつでしょ」

「それは切れ痔というやつだが、疣痔《いぼじ》というのもある。尻の穴から唐辛子《とうがらし》のしっぽみたいなのがこんにちはと顔を出して、そのうち座るのも辛《つら》くなってくる」

「やだな、もう……色気のないことといわないでくださいよ」

「ま、そうならんためには日頃から牛蒡や大根、人参などという筋の多い野菜をたくさん食うことだ。干し大根や椎茸《しいたけ》などの乾物もいいぞ」

「そんなぁ、兎《うさぎ》や牛じゃあるまいし……」

「なにをいうか。兎や牛や馬をみろ。年中ポロポロと糞をひりだしておるだろう。草や藁《わら》のような筋のあるものを餌《えさ》にしておるから牛や馬は痔になりっこない」

「ンもう……わかりましたよ」

「今日は［乾坤《けんこん》］という大便を軟らかくし、かつ精もつくという飛びきりの妙薬を出しておいてやるが、夜更かしはせずにせっせと家事をすることだ。糞づまりの女房じゃ吾助も可愛がる気もせんようになるぞ」

「ふふっ、それならだいじょうぶ。うちのバカときたら、あたしは眠くてしょうがないのに猫撫《ねこな》で声なんかだして、な、な、いいだろなぁんちゃって……」

おうめは首をすくめて、舌をぺろりとだした。

「ちっ、おまえのように亭主をバカ呼ばわりする女房にろくなものはおらん。吾助は日々せっせと汗水ながして大工仕事にはげんで、結構な手間を稼いでおるだろうが」

おうめをじろりと睨《にら》みつけた。

「しかも、仕事がおわってても寄り道ひとつせず、まっすぐおまえのところに帰ってくるというではないか」

「ふふっ、そりゃなんたって、あたしにべたぼれですからね」

おうめは糠《ぬか》に釘《くぎ》で涼しい顔だ。

ここはひとつ、吾助のためにも手厳しく釘をさしてやるところだろう。

「なにが、べたぼれだ。そのうちおまえも遠からず乳や臀《しり》はべろんとたれさがり、顔にも小じわやシミが出てくる」

「ちょ、ちょっと、せんせい……」

「いいか、そうなると吾助だって、どう変わるかわからんぞ。吾助のような働き者なら亭主にもちたいというおなごは世の中にいくらでもおるだろうよ」

「そんなぁ……いやなことといわないでくださいな」

「いやもへちまもない。おまえの向こう隣にひとり住まいしている、およね婆さんも、若いころは深川《ふかがわ》で左褄《ひだりづま》をとっていた、もてもての売れっ子芸者だったそうだが、いまは飲み屋のお燗番《かんばん》をしたり、土間の掃除までして食っておるというではないか」

「…………」

「そのうち、おまえも男どもが鼻もひっかけん婆さんになる。そうなったら吾助の気持ちもどうなるかわからんぞ」

「そ、そんなぁ……」

「おまえの隣のおみさを見てみろ。おまえよりはずんと器量よしだが男運に恵まれないまま、一人で気丈《きじょう》にがんばって暮らしておるだろう」

「…………」

「それにくらべりゃ、おまえはちょいと男運がよかったというだけだ。いまのうちに、すこしは吾助を大事にしておいてやらんと後悔することになるぞ」

「はいはい、わかりましたよ」

「はいはいとはなんだ。はいはいとは」

平蔵は怖い顔になって一喝《いっかつ》した。

「はいは一度でいい」

「もう、せんせいったら、ほんと憎たらしいんだから……」

おうめは口をとんがらかしたが、すこしはこたえたらしい。治療代、薬代込みで一分二朱の代金にも文句ひとつつけなかった。

おうめは帯をきちんと締めなおし、ポンとたたくと、出してやった［乾坤］の包みを抱えた。

亭主の吾助は腕のいい大工で、一日の日当は弁当代込みで銀五匁《もんめ》四分、一ヶ月では二両二朱から三両にはなる。

もしも江戸が大火にでも見舞われたりすると、大工や左官、屋根葺《やねふ》き職人などの手が足りなくなり、日当もピンと跳ね上がって倍以上になることもあるという。

御家人や下級藩士などより、大工のほうが懐《ふところ》具合は暖かい。

だが、医者は日雇いのように日当もないし、とりわけ平蔵のような無名の医者は金持ちの得意先もないから下手《へた》をすれば吾助より稼ぎが少ない月もある。

おまけに薬問屋への支払いもあって、懐具合はいたって貧しいから、おうめのように亭主の稼ぎがいい患者からは、きっちりとっておかないと顎《あご》が干上がりかねないと、ここ最近は褌《ふんどし》をしめなおすことにしたのだ。

「あ、そうそう、そのおみささんだけど、なんだか胸がもたれて、腹がしくしく痛むとかで、お店もやすんで寝込んじゃってるんですよう」

「ほう、それはいかんな……」

「せんせいに往診してもらったらっていったんですけどね。ツケがたまってるからって……あのひと、気が弱いから」

「よしよし、わかった。あとで診《み》にいってやろう」

「けど、せんせいもひとり暮らしになっちゃって大変ですねぇ」

「なに、どうということはない」

「ふふ、なんちゃって、鬼のいぬまのなんとやらじゃない」

「ちっ、なにをいうか」

平蔵、思わず苦笑いした。

妻の篠《しの》は今年の一月に身籠もったが、半月ほど前に雨のなかを下駄履きで買い物に出かけた帰り道、ぬかるみに足を滑らせて転んだはずみに腰を打って流産しかけたのである。

かねて懇意《こんい》にしている伝通院《でんずういん》前の名医小川笙船《おがわしょうせん》にも往診してもらったが、三十路《みそじ》前後の初産《ういざん》は流産しやすいから気をつけるようにと言われた。

千駄木《せんだぎ》の義父の長屋で女中をしているお勝《かつ》がやってきて、初子なんだから大事にしなくっちゃといって泊まりこみで家事万端の面倒をみてくれた。

義父の吉村嘉平治《よしむらかへいじ》は御小人目付《おこびとめつけ》をしているが、おなじ御目付配下の黒鍬組《くろくわぐみ》のお勝が、跡継ぎの息子が嫁をもらったので身をもてあまし、どこかで働きたいといっていると聞き、ひとり暮らしの家事をしてもらおうと女中がわりに雇うことにしたのである。

お勝は四十三になるが、病い知らずの女で、躰を動かすことを厭《いと》わないし、明るい気性で一日中きりきりとマメに動きまわる。

篠とは幼いころからの顔見知りで、喜んで篠の面倒をみてくれたうえ、千駄木の界隈には緑も多く、浅草よりも空気が澄んでいて、環境もいいから出産するまで千駄木で過ごしたほうがいいとすすめた。

篠にはそのほうがいいかも知れないとおもって平蔵が同意すると、お勝は早速町駕籠《まちかご》を呼び、篠を乗せて千駄木まで連れていってくれた。

夕刻のせわしないときだったので、篠がいなくなったことは両隣のひとびとしか気づかなかった。

「あれは千駄木の実家に里帰りさせておるのだ。なにせ、父親はひとり住まいゆえな」

おしゃべり好きなおうめに知らせることもないから、さりげなくごまかした。

「あら、そいじゃ、なにかとご不自由でしょうに……」

「なに、わしはひとり暮らしが長かったからの。飯炊《めした》きや洗濯など手馴《てな》れたものよ」

「ふふ、そうじゃなくて夜のほう……あたしでよけりゃ、いつでも声かけてくださいな。たまには違う赤貝の味も乙なもんですよ」

ニッと片目をつむると、土手《どて》かぼちゃみたいな尻を左右にふりふり帰っていった。

「ちっ……なにが、赤貝だ。ぱっくり口をひらいたバカ貝が、ぬけぬけとよういうわ」

あの塩梅《あんばい》では、吾助がときおり頭に血のぼせて手をあげるのも無理からぬことだと同情した。

昨夜の残りの冷や飯を茶漬けにしてかきこむと、下駄履きに番傘をさし、おみさを往診してやろうと蛇骨長屋に向かった。

二

蛇骨長屋は金龍山《きんりゅうざん》浅草寺の南、傳法院《でんぽういん》の西南にあって、南北に細長く、あたかも大蛇の白骨がとぐろを巻いているように棟割《むねわり》長屋が幾重にも連なっている。

傳法院の表門は東にあり、裏側に連なる土塀の内側には広大な池があって、春から秋にかけては水辺に湧く蚊《か》や羽虫が長屋にひっきりなしにやってくる。

また、その虫を狙って雀《すずめ》が群がり、その雀を狙いまわす鳩《はと》や鴉《からす》が棟割長屋の屋根にたかって朝から夕方まで鳴きわめくばかりか糞までまき散らす。

長屋の木戸口をはいると縦横に入り組んだ路地を挟んで棟割長屋が迷路のように軒を連ねている。

ここの住人は、大工や左官、屋根葺きの職人などは格上で、あとはお天気まかせの担《にな》い売りの青物屋や棒手振《ぼてふ》りの魚屋、弁舌だけが元手の小間物屋などが多い。

なかには白玉売りや七味《しちみ》唐辛子売り、季節商いの灯籠《とうろう》売りや簾《すだれ》売りに西瓜《すいか》の切り売り、シャボン玉売りなど、その日暮らしの者も結構いる。

また傘張りや筆耕《ひっこう》で暮らしている浪人者もいれば、傀儡《くぐつ》師や手妻《てづま》師などという大道芸を売り物に食っている者もいる。

平蔵のところに来る患者のなかにはおみさのように飲み屋で酌取《しやくと》り女中をしている女もいる。

また、舟饅頭《ふなまんじゆう》といって自分の女房を小舟に乗せて客を呼び込んで、女房が胴《どう》の間《ま》で肌身を売っているあいだ、張り番をして食っている寄生虫のような男もいれば、莫蓙をかかえて浅草土手で男の袖《そで》を引く夜鷹《よたか》も何人かいた。

なかには金次第では恐喝や人殺しも引きうけかねないような小悪党だって結構いるにちがいない。

いわば蛇骨長屋は江戸という街に暮らす貧しい人びとの縮図のような所だった。

それにひきかえ浅草寺の北側にひろがる浅草田圃の一角には、一夜で何千両という小判が落とされる吉原遊郭の灯火が毎夜、赤々と夜空を染めている。

また、浅草には譜代大名や、外様《とざま》大名たちの上屋敷や中屋敷や下屋敷はもとより旗本屋敷、それに公儀の広大な御米蔵《おこめぐら》までがひしめきあっていた。

まさしく浅草は、江戸の縮図ともいうべき街なのだ。

平蔵は団子坂上《だんござかうえ》の借家を焼け出されてから、誓願寺門前町にある借家を借り受けて町医者の看板を掲げた。

蛇骨長屋は平蔵の診療所から通りをひとつへだてたところにある。

界隈には大小さまざまな寺がひしめきあっているものの、妻の篠が期待しているような寺院の僧侶からの往診などはまるでなく、もっぱら近くの田原町《たわらまち》や蛇骨長屋の住人がおもな患者だった。

蛇骨長屋の住人は金払いが悪く、なかには半年たっても一文の薬代もツケのまんまで頰かむりという者もいたが、だからといって町医者としては診察や治療、往診だってしないわけにはいかない。

三

おみさの住まいは迷路のように入り組んだ蛇骨長屋の路地の奥にある。

あちこちが破れている戸障子をガタピシと引きあけると、おみさは煎餅《せんべい》布団からおどろいたように半身を起こした。

「せんせい、どうして、また……」

「ま、いいから寝ていろ。おうめから聞いたが腹病みだそうだな」

「え、ええ……」

おみさは急いで寝乱れた髪に手櫛《てぐし》をいれながら、蚊の鳴くような声で弁解した。

「でも、せんせいのところには前のお支払いが残っていますし、じっとしていればそのうちおさまるだろうと思って……」

顔色は冴《さ》えないが、おみさは細身ながら男の目をひきつけるだけの色気もある。

「ばかもん。つまらんことを気にするな。ツケなどはあとまわしでいいから、いまは目先のことを考えろ」

「は、はい……」

「ともあれ養生して躰が元気にならなければ暮らしの金も稼げぬではないか。すこしは粥《かゆ》ぐらいは口にしておるのか」

「いえ、胃もたれがして、なにを食べてもおいしくないし、おとなしく寝ていればよくなるだろうとおもって……」

おみさはそういうと、また、ぐったりと枕に頭を落とした。

こめかみに梅干しの皮をお呪《まじな》いのように貼りつけている。

おうめとは少しようすが違うようだ。

薬箱を置いて、おみさのかたわらに座りこんで煎餅布団をはがすと、寝汗でしめっている寝間着の胸をはだけて診察にかかった。

もう、かれこれ三十近いはずだが、おみさの肌はぬけるように白く艶《つや》やかで、乳房には女盛りの張りがある。

その乳房の下の鳩尾《みぞおち》のあたりを手で触診してみた。胃の腑《ふ》はからっぽのようだが、気がかりになるような痼《しこ》りもなかった。

腹もやわらかで、まだ掌《てのひら》に吸いついてくるような弾力がある。

ただ、声が少ししゃがれていて、風邪気味のようではあった。

「それほど案じるようなことはなさそうだが、ぞくっと寒気でもするのか」

「いいえ、そんなことはありませんけど、頭がなんとなく重くて、なにもする気がしないんですよ。ただ、無性に眠くて……歩くと立ちくらみがするんです」

いつも、おとなしく控えめな女だが、目にも、声にもなんとなくちからがない。

まさか、労咳《ろうがい》病みではあるまいなと、少し気になった。

「むやみと咳《せき》や痰《たん》が出るということはないだろうな」

「い、いいえ……」

「よし、今度は俯《うつぶ》せになってもらおうか……」

「こうですか……」

おみさはおずおずと枕を抱えて腹ばいになった。

背中を丁寧に触診し、背筋に沿って打診してみると、頸筋《くびすじ》から背骨の左右の筋肉に強い張りがある。

もしかしたら、これが原因かも知れぬなと思って、頸筋から肩、背筋にかけてのツボを親指でゆっくりと揉《も》みほぐしてやっているうちに、おみさは「あ……あぁ……」と身をよじりつつ声をあげた。

「うむ。痛むのか」

「い、いいえ。ただ、あんまり気持ちがよくって……」

「うむ、そうだろうな。肩や背筋がずいぶんと凝《こ》っておるぞ」

おみさは首筋と背中の鬱血《うっけつ》が昂じて胃の腑や腹まで働きが鈍くなっていたらしく、胃の腑がすこしこわばっている。

それればかりか、首筋から背中にかけての筋肉にも弾力がなく、平蔵の指先も通らないほど凝っている。

「ははぁ、おまえはもしかすると、医者よりも按摩《あんま》か、鍼《はり》医者にでもかかるほうがいいようだな」

「え……まさか」

「これだけ首筋や肩、背筋が凝っていると、胃の腑のはたらきも弱くなるし、腸のはたらきも鈍くなってくる」

平蔵は苦笑すると、腹ばいしたままのおみさの背中のうえにどっかと跨った。

「よしよし、ものはついでだ。すこし揉みほぐしておいてやろう」

「そんな、もったいない……」

「なに、おれは按摩が得意でな。若いころは嫂上《あねうえ》の肩をもんでやっては小遣《こづか》いをせしめたものだ。今でも、たまに女房の肩や腰をもんでやっておる」

「ま、旦那《だんな》さまに按摩してもらえるなんて、せんせいの奥さまはお幸せですわね」

ポツンとつぶやいた。

「なにをいうか。おまえも今のうちに早く甲斐性《かいしょう》のある優しい男を見つけて所帯をもつことだ。おなごの旬《しゅん》は短い。ぼやぼやしていると薹《とう》がたってしまうぞ」

「だめですよ。わたしは男運の悪い女ですから……」

「なぁに、おまえほどの器量なら嫁の貰い手にはことかかぬ。そのうち、いい男が見つかるさ」

おみさの頸筋と肩を丹念に揉みほぐしながら、平蔵はこれじゃ往診にきたのか、よけいな世話を焼きにきたのかわからなくなったなと苦笑した。

おみさはがさつ者が多い蛇骨長屋の住人にはめずらしく、万事に控えめで、ほうってはおけない気にさせる女だった。

聞いたところによると、二年前までは浪人者の妻だったが、亭主に死に別れて暮らしに困り、三好町《みよしちょう》にある［あぐら亭］という飲み屋の酌取り女になったということだ。

酌取り女というのは、客に誘われれば銭次第で肌身を売るのがおきまりのようなものである。

しかし、隣のおうめの話によると、おみさは酌婦にしては、めずらしく身持ちの堅い女だと聞いている。

おおかた馴れない水商売で客あしらいに苦労しているうちに疲れが溜まって、胃の腑が堅くなったのだろう。

「おまえの胃もたれは疲れがたまりすぎたからだろうな。なに、薬を飲んで四、五日も休めば楽になるだろう」

「え、ええ……でも、そうもいっておられませんわ」

おみさは寂しそうに笑ってみせた。

「今日明日ぐらいは休ませてもらいますけれど、明後日《あさって》からは店に出ないと干乾しになってしまいますもの」

「そうか……ま、どこが悪いというわけじゃないからいいが、あまり無理をするなよ」

薬箱を引き寄せて、薬を選びながら、

「いま、血の巡りと胃腸のはたらきをよくする薬をおいておくから、しばらくのあいだ朝昼晩と三度三度かかさず飲むんだぞ」

「でも、往診していただいたうえに、お薬までいただいてはもうしわけありませんわ」

「よけいな心配はするな。そのぶん、おうめからたんまりふんだくっておいた」

「え……」

「なぁに、亭主の吾助は腕のいい大工で稼ぎもいい。銭というのは回り物だから気にせずともよい」

「そんな……」

「どうせ、おうめに銭をもたせたら役者の一枚絵を買いあさるか、甘い物を買い食いするのに使うのがオチだ」

「ま、そうおっしゃってはおうめさんがかわいそうですわ……」

「ふふふ、それはともかく、おまえに出してやった薬は、どれも、おれが暇なとき山歩きして摘《つ》んできた薬草ばかりで元手は一文もかかっておらんから、気遣いは無用だぞ」

「でも、それは……」

「どうだ、胃のもたれは少し楽になったろうが……」

「は、はい。なんだか気持ちよくて眠くなってきました」

「そうか、よしよし、うんと眠って、粥でもいいから食うことだ。滋養になるから卵粥にしろ」

巾着《きんちゃく》から一朱銀をつまみだし、おみさの手におしつけた。

「よいか、これでこなれがよく、精のつくものを買って食うがいい。食は命だぞ。食わんと稼ぎにもでられまいが」

「せ、せんせい。い、いけません。こんな……」

「気にするな。なに、そのうち金のあるやつからがっぽりふんだくってやるさ」

もたもたしていると、一分二朱もふんだくった隣のおうめが顔をツン出しかねない。

おみさに按摩をしてやったことでもわかると、何を言いふらされるかわからぬ。

そうそうに引き上げることにした。

四

神谷平蔵は禄高千三百石の大身旗本の次男に生まれたが、次男などというのは部屋住みといって、長男とはあつかいが天地ほどのちがいがある。

ひとまわり年上の兄・忠利《ただとし》は謹厳実直な役人向きの性格で、公儀御目付の要職にある。

禄高も五百石の加増をうけ、いまや千八百石の大身旗本になり、ゆくゆくは長崎《ながさき》奉行あたりを経て、幕閣入りも視野にいれているらしい。

しかし、次男の平蔵は堅苦しい武家のしきたりに縛られるのが大嫌いな性分だった。

父が亡くなったあとも親代わりの兄に何かと逆らっては竹刀《しない》で仕置きされたり、蔵に監禁されたりした。

おまけに子供のころから糸の切れた凧《たこ》のように、あちこちあてもなくふらつきまわる放浪癖があった。

そのためか、だれいうともなく、ぶらり平蔵という、武家の子としては芳《かんば》しからざる仇名《あだな》がついてしまった。

色気づくのも早く、屋敷の蔵で見つけた枕絵《まくらえ》をひそかにもちだし、竹馬《ちくば》の友の矢部伝八郎《やべでんぱちろう》とともに目も綾《あや》な男女の交合図に生唾《なまつば》を呑んで見入った。

矢も盾《たて》もたまらず、十五のときに伝八郎を誘って花街に足を運び、さまざまな女体を知った。

初めて娼婦ではない女を知ったのは十六のときだった。

兄の忠利から夜遊びの度が過ぎると咎《とが》められ、三日も屋敷の土蔵に閉じ込められていたとき、飯を運んでくれていた台所女中のお久《ひさ》という三十二の寡婦《かふ》が相手だった。

沢庵《たくあん》を齧《かじ》りながら握り飯をぱくついている姿を見て、「おかわいそうな、おぼっちゃま」とつぶやいて涙ぐんでくれた。

薄暗い土蔵のなかで、お久の女盛りの体臭が色濃く匂った。

平蔵が思わず腕をのばして抱きしめると、お久は一瞬おどろいたように身をすくめたが抗《あらが》うこともなく、ずしりと持ち重りのするむちりとした女体をゆだねてきた。

ひんやりとした土蔵の床にお久を組み敷いた平蔵は、どこをどうしたのかわからぬまま無我夢中でお久の女体をむさぼった。

それからは飯を運んできてくれるたびに土蔵の板の間でお久の女体を抱いた。監禁が解かれてからも、お久は夜半に平蔵の離れ部屋に忍んできては、熟れきった女の肌身を惜しげもなくひらいて平蔵に女体の蠱惑《こわく》を存分に堪能させてくれたのである。

間もなくお久は再婚先ができて屋敷を去っていったが、それからは銭金で肌身をひさぐ娼婦を相手にするのが空しくなった。

平蔵の剣技が一皮むけたと師の佐治《さじ》一竿斎《いっかんさい》から認められるようになったのは、そのころだったような気がする。

平蔵は七つのころから鐘捲流《かねまきりゅう》の佐治道場に通っていたが、十九のときに免許皆伝を許されるまでになった。

幼馴染《おさななじ》みで、悪友でもある矢部伝八郎とともに佐治門下の竜虎《りゅうこ》と呼ばれた。

だからといって、どこかの旗本家の婿《むこ》養子にはいり、顔も気立てもわからぬ箱入り娘と祝言《しゅうげん》し、舅《しゅうと》や姑《しゅうとめ》のいいつけに唯々諾々《いいだくだく》と従い、麻裃《あさがみしも》を身につけ、せっせと役所に出仕し、さようしからばで窮屈な日々を過ごすのは勘弁してもらいたかった。

ただし、この天下泰平の世のなか、剣術で身を立てるのは至難のことだったから、父の遺言に従って医師をしていた叔父夕斎《ゆうさい》の養子となり、養父の夕斎が亡くなったあとは町医者となって生計をたてるようになった。

とはいえ、生来、世渡りには無頓着《むとんちゃく》な口だから、治療代も薬代もおおざっぱで、銭がないといわれれば、ある時払いの催促なしですませてしまう。

おかげで貧乏を絵にしたような暮らしだったが、それでも不思議に飯と女はくっついてくるものだ。もっとも何人もの女と深い仲になったが、いずれも長つづきはしなかった。

お品《しな》という小間物屋の後家はともかくとして、妻に娶《めと》ってもいいと思った縫《ぬい》や、文乃《あやの》はいずれも武家のしがらみに縛られ、平蔵のもとを去っていった。

はじめて妻にした波津《はつ》も曲家《まがりけ》という岳崗藩《たけおかはん》の名家を断絶させることはできない羽目になって、九十九郷《つくもごう》の生家にもどり、藩の上士の息子を婿に迎えた。

剣難の渦中で、ふとしたことで、わりない仲になった公儀の女忍、おもんは別として、ほかの女はそれぞれに生きるべきを得て、幸せになっている。

女には今日と明日だけがあって、昨日というものは都合よく忘れてしまえるようにできているものらしい。

師の佐治一竿斎から「煩悩《ぼんのう》に溺《おぼ》れてはならぬが、煩悩は獣の本能ゆえ、逆らわず飼い慣らすことだ」といわれたが、いまだに煩悩を飼い慣らせていない未熟者である。

いまの妻の篠は、吉村嘉平治という十二俵一人扶持《ぶち》の黒鍬之者の長女だった。十二のときに母を亡くし、父や弟妹の面倒をみてきたため婚期が遅れていた。ようやく弟妹たちに手がかからなくなったので、団子坂下に住んでいた担い売りの小商人《こあきんど》に嫁《とつ》いだものの二年目に死別し、縫い物の賃仕事で暮らしていた女だった。

三年前、体調を崩し、平蔵の診察を受けにきたのがきっかけで平蔵とわりない仲になって妻に娶った。

ただ、平蔵は銭金には無頓着で、なんとか生計をたてていられたのは皮肉にも医業のほうではなかった。

生来、人の危難を見過ごせない気性から剣を遣い、悪党を斃《たお》した謝礼として受け取った金のおかげだった。

そのところが、いまひとつ釈然《しゃくぜん》としないが、師の一竿斎は金は天下の回り物、遠慮は無用といってくれている。

ただ、これからは篠を預かってくれている千駄木の義父にも、それなりの食い扶持ぐらいの仕送りはしなければなるまい。

それで医薬の代金も、取れるところからは、きっちりと取らなければならんなと褌を締めているところなのである。

第二章　素《す》寒《かん》貧《ぴん》

一

小鹿小平太《おじかこへいた》は茫漠《ぼうばく》たる荒野の丘の上の草むらに大の字に寝転んで酸葉《すいば》の茎を齧《かじ》っていた。

酸葉は別名をスカンポという野草で、葉を齧ると強い酸味がある。

スカンポは蓼《たで》の仲間の野草で、子供のころはよく口にしたものだが、腹の足しにはならない。

小平太は朝から何も食っていなかった。

それどころか、今日で丸二日、飯らしい飯は口にしていない。

通りすがりの畑から芽の出はじめた作物を無断で引っこ抜いては小川で泥を洗い落とし、生で齧っては、なんとか飢えを凌《しの》いできたのだ。

なにしろ懐中無一文、逆さにふっても鼻血も出ないというやつだ。

――なんとかせんといかんのう……。

小鹿小平太は半年前までは尾張藩に隣接した刈屋《かりや》藩《はん》で蔵奉行《くらぶぎょう》下役をしていた。扶持《ふち》は三十五石、城下の馬庭念流《まにわねんりゅう》の道場で十八歳のとき、印可をあたえられ秘伝［米糊付《そくいづけ》］を授けられ、だれしもが藩内随一と認める剣士だった。

背丈は五尺五寸（約百六十七センチ）、中肉中背、道場で鍛えぬいた躰は贅肉《ぜいにく》ひとつない。

こまかいことは気にしない淡泊な気性だが直情径行で、どちらかというと無鉄砲に走りやすい嫌いがある。

若くして父母を亡くし、千恵《ちえ》という妹と二人きりで暮らしてきた。脇目もふらず剣一筋で過ごしてきて、今年二十六歳になる。

兄妹仲はいたってよく、千恵が貧乏所帯を切り盛りし、家事万端をまめまめしくやってくれていた。

三十五石の扶持のうち、八石は藩財政のための借り上げと称して天引きされるので実質は二十七石、飯炊《めした》き婆さんも雇いきれないありさまだったが、千恵のおかげで小平太は不自由をまるで感じなかった。

千恵は城下でも評判の器量よしで、これまでも縁談はいくつかあったが、兄の小平太が妻《めと》を娶るまではと、頑《かたく》なに拒《こば》みつづけてきたため、もう二十三になるというのに独り身を通していた。

その千恵がこともあろうに次席家老の道楽息子に目をつけられ、城下の料理屋に呼びだされて凌辱《りようじよく》されたのである。

千恵はそれを恥じて懐剣《かいけん》で喉をひと突きにし、自裁《じさい》してしまった。

帰宅して千恵の遺書を見た小平太は茫然自失《ぼうぜんじしつ》したが、亡骸《なきがら》を埋葬して二日目、その道楽息子を呼び出して斬《き》り捨てた。

その子細《しさい》を記した届け文を組長屋に残したあと、すぐさま脱藩した。

藩権力をほぼ掌握している次席家老が、息子を斬った小平太を許すはずもないことはわかりきっていたからである。

小平太はできるだけ人の往来が多い街道や宿場を避けて、人目につかない山や川を越えて逃避行をつづけた。

手持ちの銭を使い果たしてからは木樵《きこり》の手伝いをしたり、賭場《とば》の用心棒もしたし、時にはヤクザの喧嘩《けんか》の助っ人までした。

江戸に出ればなんとかなるだろうと一縷《いちる》の望みをつないでいるものの、目下の急務は米の飯にありつくことだった。

二

——さてどうしたものか……。

小鹿小平太はスカンポを齧りながら、のっそりと躰を起こした。懐中は一文無しだし、ここは江戸から十里あまり北西、桶川宿《おけがわしゆく》のはずれにある草原だった。

遠く彼方《かなた》には山頂に雪をかぶった富士《ふじ》の山が聳《そび》えている。

眼下には丈《たけ》なす薄《すすき》が枯れ残っていて、その野面《のづら》を強風が唸《うな》りをあげて吹き渡っている。

芽吹き出した春草を踏みしめ、編笠をかぶった旅の女が二人、こちらに向かってやってくるのが見えた。

二人とも腕には赤い手甲《てっこう》、足には白い脚絆《きやはん》をつけた草鞋《わらじば》履きという旅装束《たびしょうぞく》だった。

一人は武家の妻女《さいじょ》らしく丸髷《まるまげ》に濃い藍染《あいぞ》めの着物の裾《すそ》を少しからげ、手に杖《つえ》をついていた。

万一のためか帯に短刀をたばさんでいるようだが、遣《つか》えるかどうか怪しいものだ。

もう一人は供の女中だろう。髪は娘島田《むすめしまだ》に結い上げ、矢絣《やがすり》の着物に風呂敷包みを斜めに背負っている。

——ふうむ……。

こんな街道はずれの荒野を女二人でどこへ行こうというのだろう。

——なんぞ、わけありの忍び旅かの……。

他人事《ひとごと》ながら小平太が眉をひそめたとき、波打つ枯れ薄の野原をかいくぐり、十人余の黒覆面《くろふくめん》の集団が二人のあとを猟犬のように追ってくるのが見えた。

——あやつら！

小平太はおのれの空きっ腹も忘れ、猛然と駆けだした。

おそらく黒覆面は野盗か、餓狼《がろう》のような野武士の一味にちがいない。

二人旅の女を捕らえて慰みものにしたあげく、宿場女郎にでも叩き売ろうという魂胆《こんたん》に違いなかった。

——許せん！

一瞬、小平太の脳裏に凌辱され、自裁した妹のことが掠《かす》めた。

突如、覆面の集団が二手に分かれて、いっせいに二人の女に襲いかかるのが見えた。

——おのれっ！

小平太は疾駆《しっく》した。

しかし意外なことに、悲鳴をあげて逃げ惑うかと思った二人の女は、恐れるようすもなく短剣を抜きつれ、敢然と覆面の集団に立ち向かっていった。

なおも驚くべきことに、二人の女の身ごなしは恐ろしく機敏で、たちまち血しぶきあげて草むらに突っ伏したのは、覆面の男たちのほうだったのである。

小平太が駆けつけたとき、すでに三人の黒覆面が喉や腹を懐剣でえぐられ、草むらにのたうちまわっていた。

小平太は飛び込みざま、抜き撃ちに二人の覆面を左右に斬り捨てた。

「お女中！　ご安心めされいっ！　それがしがご助勢いたしますぞ」

小平太は二人の女を背にかばいつつ、覆面の集団に立ち向かった。

「な、なんだっ。こいつは！」

不意を食らってたじろいだものの、見たところ小柄で、とんと風采《ふうさい》のあがらぬ小平太を一瞥《いちべつ》して、覆面の集団は態勢を立て直すと、鋒《きっさき》を連ねて小平太に襲いかかってきた。

「食いつめものの痩せ浪人めがっ。下手《へた》な邪魔だてするとたたっ斬るぞ」

覆面の侍が怒号した瞬間、躍りこんだ小平太が下段から摺《す》りあげの剣を遣い、首筋を斬りあげた。

血しぶきが空に噴出し、仲間の頭上に降りそそいだ。

小平太はゆるむことなく、屍《しかばね》を跳び越えて覆面たちに立ち向かっていった。刃《やいば》をふりかざして斬りつけてきた覆面の曲者《くせもの》の胴を横薙《よこな》ぎに斬りはらうと、横合いから突っ込んできた黒覆面の刀を摺りあげざま肩口から存分に斬り捨てた。

「引けっ、引けっ」

頭目らしい男の声がしたかと思うと覆面の集団はたちまち算《さん》を乱し、草原を踏みしだいてわれさきに逃散していった。

しばらくのあいだ、油断なく見送った小鹿小平太は刀の血糊《ちのり》を懐紙《かいし》で拭《ぬぐ》うと、懐剣を鞘《さや》に納め、寄り添うように佇《たたず》んでいた二人の女に声をかけた。

「お怪我はなさらなんだか」

「はい。おかげさまで危ないところをお助けくださってありがとうございました」

武家の妻女らしい丸髷の品のいい女が、丁重に腰を折って礼をいった。

「ともあれ、お怪我もなくなによりでござった。はっはっはっ……」

小平太が破顔した途端に腹の虫がしつけもなく、ぐう〜っと情けない音を立てた。

「おっ、こ、これは失礼……」

小平太は狼狽《ろうばい》し、頭をかきながら情けなさそうに苦笑いした。

「はっはっは……なにせ、あいにく、それがし昨日から腹が干乾しでござってな」

「ま……」
十七、八らしい娘の女中がくすっと忍び笑いをもらした。
「小笹。失礼ですよ」

丸髷のきりっとした美貌の女がたしなめようとしたとき、またもや小平太の腹の虫が、くううっ……と鳴いたあげくに、ぷううっ……と、不躾《ぶしつけ》にも屁《へ》までが音高く鳴った。

「お、おっ、いやはや、なんともお恥ずかしいかぎりでござる」

小鹿小平太は照れ隠しに横鬢《よこびん》をぽりぽりと掻いて、弁明にこれ努めた。

「ははは、どうやら腹の虫めが堪《こら》え性もなく、あるじに向かって文句をぬかしておるようでござる」

「いいえ、出物腫《は》れ物ところ嫌わずともうしますもの」

丸髷の女がにこやかにほほえみかけた。

小笹と呼ばれた娘が口を挟んだ。

「そうそ、おもんさま。昼餉《ひるげ》の残りもので失礼ですけれど結び飯をさしあげてはいかがですか」

「そうそう、たしか、沢庵《たくあん》もすこし残っていましたわね」

おもんという名前らしい丸髷の美女が艶然《えんぜん》とほほえみかけた。

三

――四半刻（三十分）後。

三人は野武士どもの屍を放置したまま、山裾に聳えたつ杉の巨木の木陰に腰をおろしていた。

小平太は、小笹と呼ばれた娘が腹の虫おさえにと差し出してくれた竹の皮包みの結び飯に礼もそこそこにかぶりついた。

握り拳ほどもある結び飯をこれほどうまいと思ったことはない。

それもひとつではなく、三つもある。

「ううむ……これは、うまい」

竹の皮に包まれていた、ふたつめの結び飯に手をのばしつつ、小平太は思わず感嘆の溜息をもらした。

「武士は食わねど高楊枝《たかようじ》などともうすが、あれは痩せ我慢でござるな」

小平太は沢庵を口にほうりこんでバリバリと音たてて嚙みしめながら、先刻から不審に思っていたことを問いかけてみた。

「それにしても、お二人の懐剣の遣いぶりはたいしたものでござった」

指についた飯粒をつまんで不審げに小首をかしげた。

「それがしなどが、なまじ手を出さずともよかったようにお見受け申したが……」

「いいえ、とんでもございません」

丸髷のおもんという女が片手をふって急いで打ち消した。

「一人や二人ならともかく、あれだけ大勢を相手にしては、とてものことに凌げなかったにちがいありませぬ。ねぇ、小笹」

「え、ええ……そうですとも」

小笹という供の女中もにこやかに相槌《あいづち》をうったが、斬り合いのあとというのに一向に脅えたようすは見えない。

「ふうむ……」

小平太はなにやら解《げ》せぬように首をかしげたものの、とにもかくにも結び飯にありつけたことに満足していた。

なにせ、生来が単純明快、ごちゃごちゃとこまかいことは気にしない性分である。

白くて、おおきな結び飯にありついたことで満足し、沢庵をバリバリと嚙みしめた。

おもんという女主人は江戸の浅草にある生糸《きいと》問屋を女手ひとつで仕切っている内儀で、小諸《こもろ》に商用があったため、小笹という女中を供に連れて旅に出たということだった。

生糸の買い付けに来たものの、思うようにいかなかったため、江戸に戻る途中だったという。

この草原を突っ切れば近道になると宿場で聞いたらしい。

「それにしても、おなごの二人連れで、ようもこのような人気《ひとけ》のないところを通る気になられたものじゃ」

小平太は呆《あき》れ顔になった。

「でも、商いは一日一日が勝負ですもの」

おもんという内儀はこともなげに笑ってみせた。

「それより小鹿さまは、また、どうしてこのようなところにまいられたのですか」

「ははは……」

小平太はボリボリと頭を掻いて苦笑した。

「なにせ、それがしは素寒貧《すかんぴん》の浪人者ゆえ、足の向くまま気の向くままのぶらぶら道中でござるよ」

小平太はホロ苦い目になった。

おもんに聞かれるままに、脱藩したわけをあけすけに打ち明けた。

「そうですか。妹御の仇《かたき》を討ち果たして浪人なさったとは……」

おもんが痛ましげにつぶやいた。

「さよう。ははは、なぁに、たかが三十五石の禄米、微塵《みじん》も惜しいとは思いませなんだが、いやはや扶持を離れた侍などというものは、まさしく虫けら同然……」

ふっと侘《わび》しげな表情になった。

「なに、いっそのこと腹かき切ってくたばったほうが潔《いさぎよ》いかも知れませぬが、それでは妹がうかばれまいと思いましてな」

「そうですとも、あれだけの剣の遣い手ですもの。江戸にまいられたら、なんとかなると思いますよ」

おもんという女はほほえみながら、いっそのこと、わたくしどもとごいっしょに江戸にいらっしゃいませんかと誘ってくれた。

「は、いや、しかし手前は道中手形もござらんゆえ……」

「なんの、そのようなこと、どうにでもなりますもの。失礼ながら、わたくしどもの用心棒がわりになってくださいませぬか」

「用心棒……」

小平太は莞爾《かんじ》と破顔した。

剣のほかになんの取り柄とてない小平太である。

――これぞ、まさしく天の助け……。

いまのままでは物乞いになり、野末の屍になって朽ち果てるしかない身だった。

このような品のよい商家の女主人と、まだ十七、八と見える可愛い娘の用心棒なら、願ってもない果報である。

いつまで雇ってもらえるかはわからないにしろ、とりあえずは食い物と屋根の心配はしなくてよさそうだった。

しかも、おもんというおなごは江戸に出てからも小平太の先行きの面倒をみてくれそうな口振りだった。

まさに、果報が天から降ってきたような気がした。

四

山の出湯《いでゆ》にゆっくりと身を浸しながら、おもんは思いがけず、江戸まで同道することになった小鹿小平太のことを思いうかべ、くすっと忍び笑いをもらした。

――ほんとに、おもしろい、おひと……。

小鹿小平太は三食宿代も丸抱えで、一日二朱の日当で用心棒役にどうかともちかけてみたら、目をかがやかせ、喜々として飛びついてきたのである。

ほんとうは一日、一分でも二分でも出してやれたが、それでは逆に怪しまれるだろうと思い、妥当な金額をもちだしたのだ。

おもんと小笹には用心棒など無用だったが、妙にほうってはおけないような気がしたからである。

妹の悲劇もさることながら、おもんは小鹿小平太の人柄が気にいったのである。

こまかいことや金銭には一向に無頓着《むとんちやく》ながら俠気《おとこぎ》があり、しかも、あれだけの剣の遣い手である。

――どこか、平蔵さまに似通うたところのあるおひと……。

そんな気がしてならなかった。

しかも、話を聞いてみると、小鹿小平太は二十六歳にもなって、これまで女体にふれたことなど一度もなかったという。

この山の湯は混浴である。

夜食をともにしたあと、いっしょに湯浴《ゆあ》みをなさいませぬかと誘ってみたら、顔を赧《あか》らめて泡を食ったように「とんでもございらん」と急いで隣室にひきあげていった。

――どうやら、そういうところは、平蔵さまとはおおちがい……。

おもんは、ふたたび忍び笑いをもらした。

なにしろ平蔵は女なしではいられない男である。

しかも、どういうわけか女のほうから寄ってくるらしく、いつも女に不自由したことがないせいか、去り際もあっさりしている。

そこが、おもんとしてはいささかものたりない気もしないではないが、ぐずぐずとあとをひかないところがいい。

おもんは公儀の女忍である。

下手にまつわりつかれるより、逢えるときに逢って、骨身も溶ける至極のときをあたえてくれる平蔵のような男が、おもんのような女にはかけがえのない存在だった。

平蔵を知ってから、おもんはたとえ勤めのうえでも男に肌身を許したことはない。

――平蔵さまにお会いしたい。

はじめて、平蔵に抱かれた夜のことを思い出し、おもんはきゅんと胸が熱くなった。

――いまごろ、平蔵さまはなにをしていらっしゃるやら……。

おもんは湯に身を浸しながら、両手で乳房を抱きしめた。

――平蔵さま……。

もう、おもんも三十路《みそじ》をとうに過ぎたというのに平蔵のことを思い出すと、なにやら小娘のころにもどったような切ない気持ちになった。

黒々と生い茂る森の奥で、梟《ふくろう》の雄《おす》が雌《めす》を求めて鳴く声がもの悲しく聞こえてきた。

梟は夜目もきくが、なによりも聴覚が鋭く、耳の穴がおおきく左右にずれていて、獲物の動きを正確に感知し、羽音を立てずに襲いかかる。

足の爪と嘴《くちばし》で小鳥や栗鼠《りす》、蛙《かえる》などを捕らえて常食にしているが、ときには蛇《へび》や野兎《のうさぎ》も捕食する。

見た目はとぼけた顔をしているが、平蔵は梟が好きだという。

梟は群れをつくらず一羽ずつ大木の洞穴に住まいし、なかにはアオバズクのように餌《えさ》をもとめて移動する渡り鳥もいる。

平蔵も武家という集団を好まず、あちこちをうろついているところは梟のようだ。

そして、おもんもまたひとつところに腰を落ち着けたことはない。

——おたがい似たもの同士……。

だからこそ、おもんは平蔵にひかれるのかも知れない。

おもんは明日をも知れぬ過酷な忍びの身だからこそ、なおのこと平蔵のような思い人が欲しいのかも知れなかった。

おもんは思わず双の手で、いっそう強く乳房を抱きしめた。

第三章　賭場《とば》荒らし

一

深川六間堀《ろっけんぼり》は新開地で東側は河岸《かし》に沿って町屋が細長くひらけているが、町裏には畑と雑木林が茫洋《ぼうよう》と残っている。

百姓家は数軒ずつかたまりあい、ところどころに大名の下屋敷がいかめしい土塀に囲まれて点在している。

下屋敷というのは藩士の数もすくなく、塀うちに黒々と常緑樹が生い茂っているだけで閑散としている。

五つ刻（午後八時）ともなると、あたりは漆黒《しっこく》の闇に閉ざされてしまう。

その闇の訪れとともに活気づくのが鉄火場《てっかば》と呼ばれる賭場《とば》である。

大名屋敷の中間《ちゅうげん》部屋は町奉行所の管轄外にあるため、中間頭が仕切る賭場には博奕《ばくち》好きの人間が毎夜のように集まってくる。

商人の道楽息子、日銭稼ぎの職人、深川芸者に貢《みつ》がせている遊び人もいれば、なにをして食っているのかわからない浪人者もいる。

丁半の出目ひとつに血眼《ちまなこ》になって百文が五百文、五百文が一両小判、それが三十両、百両に化けるかも知れないという期待に胸をふくらませてやってくるのである。

胴元と呼ばれる中間頭は賭け金のなかから寺銭《てらせん》という上納金をせしめて下屋敷の役人たちに渡し、目こぼしをしてもらうのだ。

下屋敷の中間は渡り中間といって、だいたいが世の中の寄生虫のような無頼《ぶらい》の徒で、博奕に負けて胴元から借りた金を返さない客には匕首《あいくち》を懐《ふところ》に脅しつけて取り立てるのが仕事のようなものだ。

逆さにしても返す金がないとなると、家や店におしかけ、女房や娘を女衒《ぜげん》に売り飛ばしてでも取り立てる。

——その夜。

六間堀から分かれた五間堀沿いにある大久保《おおくぼ》豊後守《ぶんごのかみ》下屋敷の中間部屋をぶちぬいた十二畳の賭場に、十数人あまりの客が賽《さい》の目が丁とでるか半とでるかに血眼になっていた。

賭場の灯りは盆茣蓙《ぼんござ》の白い布を照らしているだけだが、張り手の熱気がむんむんと渦を巻いている。

胴元は屋敷の中間頭で文造《ぶんぞう》という銭儲《ぜにもう》けと女にしか興味がない四十男だった。賭場のあがり金と、懐がからっぽになった上客に貸し付けるための元手の小判や一分銀が入った銭函《ぜにばこ》を前にして、貸し付け帳を睨《にら》みながらぷかりぷかりと莨《たばこ》を吹かしていた。

背後には用心棒の浪人者がひとり、腕組みしながら居眠りをしている。

夜半を迎えて盆はようやく熱を帯びてきたらしく、白布を敷いた茣蓙のうえには小判や一分銀、二朱銀が行灯《あんどん》の灯りにきらきらと煌《きら》めいている。

そのなかで一人、壁にもたれて冷ややかな眼差しで盆茣蓙を眺めている羽織袴《はかま》の侍がいた。

羽織の三つ紋は滅多に見ない鬼牡丹《おにぼたん》、まさしく元水無月藩士の真柄源之丞であった。

源之丞には壺振りが手目《てめ》（いかさま）をしているのが見えていた。

賽子《さいころ》を壺のなかに振りこむ瞬間に指のあいだに挟みこんであった仕込み賽と巧

みにすり替える手口である。

壺振りはそれをいともやすやすとしてのけている。

――この壺振りは相当に達者なやつだ。

だが真柄源之丞はそれを暴いてやろうなどとは微塵《みじん》も思わない。

所詮《しょせん》、世の中は騙《だま》す者と騙される者、儲けるやつと損するやつ、泣かすやつと泣かされるやつで出来ていると思っているからだ。

――そろそろ引き上げるか……。

そう思って腰をあげかけたとき、ふいに張り方に座っていた一人の浪人者が刀を手に腰をあげ、中盆《なかぼん》を睨みつけた。

「おい、さっきからたてつづけに半目がつづいておる。おかしいではないか……」

一瞬にして座が凍りついた。

「その壺を改めさせてもらおうか」

ひょろりとした痩せぎすの髭面《ひげづら》の浪人者だったが、声は平然としている。

たちまち賭場には殺気が渦巻いた。

居眠りから覚めた用心棒が刀を手に立ち上がって浪人者を威嚇《いかく》した。

「きさまっ！　文句があるなら表に出ろ」

無造作に胸ぐらをつかみにかかった用心棒が、一瞬のうちに当て身を食わされ盆茣蓙に転倒してしまった。

「こ、こいつ！」

手下の中間が怒号とともに飛びかかったものの、浪人者の鞘尻《さやじり》で鳩尾《みぞおち》を突かれて気絶してしまった。

浪人者はのっそりと胴元に近づくと、片手をぬっと突き出した。

「おい。この場を丸くおさめたかったら十両で手を打ってやるぞ」

「な、なにぃ……」

「はは ぁ、十両がいやなら、二十両に上乗せするぞ」

「て、てめぇ……」

「ほほう、ならば倍の四十両といこうか」

「う、ううっ！」

そのとき、人垣をかきわけて真柄源之丞が胴元に歩み寄り、銭函に手を突っ込んで切り餅《きもち》（二十五両）を四つ、無造作に摑みだすと浪人者に手渡した。

「ま、今夜はこれで勘弁してやることだな」

「お、おう……百両なら言うことはない」

浪人者はむんずと四つの切り餅を摑み、ふところにねじこんだ。

真柄源之丞は殺気だって腰をあげかけた手下をじろりと見渡すと、白刃《はくじん》をすらりと抜いて文造の頸筋《くびすじ》に刃《やいば》をあてた。

「ここで血の雨が降ったら賭場はつぶれることになるぞ」

「や、やめろ！　やめてくれっ……」

文造が血の気のうせた顔になって悲鳴をあげた。

二

屋敷の通用門から出てきた真柄源之丞と賭場破りの浪人者が肩を並べて五間堀沿いの道を六間堀のほうに向かった。

「や、いかいご面倒をおかけした。それがしは石丸孫助《いしまるまごすけ》ともうす」

「なんの、賭場破りとはおもしろいものを見せてもらった。それがしはゆえあって梵天丸《ぼんてんまる》と名乗っておる放蕩《ほうとう》無頼の者」

「ほう、梵天丸とは、また……どういう」

石丸孫助が目を瞠《みは》ったとき、後方から追っ手の足音が聞こえてきた。

「ははぁ、どうやら送り狼のようだ。ここはそれがしにまかせてもらおうか」

真柄源之丞は石丸孫助を片手で制止すると、ゆっくり踵《きびす》を返した。

三人の浪人者と匕首を手にした中間の一団が殺気をみなぎらせて追ってきた。

「おのれっ！　賭場を荒らされて黙って帰すわけにはいかねぇ」

「覚悟しろっ！」

どうやら、さっきの浪人者とは違う腕の立ちそうな顔ぶれのようだ。

二人が左右を固め、一人が冷たい殺気をはらんで上段から唸《うな》るような剛剣を振り下ろしてきた。

真柄源之丞はそれを躱《かわ》すこともなく、逆に踏み込みざま、電光のように剣を摺《す》りあげて右の脇の下から左の肩まで斬《き》りあげた。

「う、ううう……」

血しぶきが夜空に花火のように噴出し、浪人者は刀の柄《つか》をつかんだままの上半身を下半身から二つに泣き別れに斬り離されて路上に突っ伏した。

度肝《どぎも》をぬかれた残りの二人の浪人者が、引け腰になった途端、真柄源之丞の剣がきらっきらっと二度閃《ひらめ》いた。

「ぎゃっ！」

「ううっ……」

二人の浪人者は一度も剣を遣《つか》う間もなく、一人は喉を跳ね斬られ、もう一人は肩口から腹まで斬りおろされて路上に崩れ落ちた。

ついてきた中間たちのなかには腰をぬかしてへたりこんでしまう者もいたが、残りの中間は血の気も失せて駆け去っていった。

真柄源之丞は何事もなかったように懐紙《かいし》で刃の血を拭《ぬぐ》いとると丸めて、六間堀の川面《かわも》に投げ捨てた。

「いやぁ、見事なものでござるな」

石丸孫助が感嘆したように見返した。

「なんの、さっきの賭場荒らしのほうがずんと見応えがござった」

涼しい顔で刃を鞘に納めた。

三

——四半刻（三十分）後。

真柄源之丞と石丸孫助は永代寺《えいたいじ》門前町《もんぜんちょう》の路地の奥にある飲み屋の二階で酒を酌《く》

み交わしていた。

「ここはそれがしの塒《ねぐら》のひとつでな。

「なんの気がねも無用だが、貴公、ご妻女《さいじょ》は……」

「いやいや、六年前に赤子を病いで亡くしましてな。医薬を求める銭がなかったためでござるが、それを悔やんで妻も病いに臥《ふ》し、間もなく子のあとを追うように一昨年亡くなりもうした」

「ほう、それは……」

「もはや養う者もいなくなってしまうと人は自堕落《じだらく》になるものらしく、金持ちに喧嘩《けんか》をふっかけて金を脅しとったり、その金で博奕に手をだしてみたり……」

石丸孫助は自虐《じぎゃく》するかのように唇をひんまげて盃の酒をぐいと飲み干した。

「いや、もう、いつくたばっても惜しい命ではござらん」

「いや、おもしろい」

「は……」

「ふふ、どうやら、それがしと気があいそうだ」

真柄源之丞は目を笑わせると、ぐいと身を乗りだした。

「と、もうされると……」

真柄源之丞はかたわらの差し料をつかむと目釘《めくぎ》を抜いて、茎《なかご》を石丸孫助に示した。

「お……こ、これは」

茎に刀工の銘《めい》はなく、仏像らしい像が刻まれている。

「もしやして、この仏像は、梵天の……」

「さよう。淫欲を離れた寂静《じやくじよう》清浄《せいじよう》を祈念する梵天王の座像でござる」

「なるほど、それで貴殿は梵天丸を名乗っておられるのか」

「なんの、それがしは生来が気随《きずい》気儘《きまま》の臍曲《へそま》がり……ただし、銭や身分にものをいわせてのさばる輩《やから》には反吐《へど》が出るゆえ梵天丸の名を借りておるだけのことでな、ふふふ」

「ははぁ……」

石丸孫助、ぽんと両手をたたいた。

「その臍曲がり、おおいに気にいりもうした。いや、おもしろい」

石丸孫助は片手をさしのべて真柄源之丞の手を握りしめた。

「拙者も剣のほかには取り柄のない男でしてな。身分を鼻にかけてのさばる輩や、銭にものをいわせて好き勝手をする輩を見ると虫唾《むしず》が走りもうす」

「貴公。居合いを遣われるな」

「ほう。どうして、それを……」

石丸孫助はまぶしげな目になった。

「てまえ、一度も刀は抜いておりませんぞ」

「ふふ、居合いの勝負は鞘のうちにあり……。貴公の腰を見ていればわかる」

「ううむ、いかにも、それがし、いささか林崎夢想流《はやしざきむそうりゅう》を……」

「やはり、な」

真柄源之丞はおおきくうなずいた。

林崎夢想流の祖は林崎甚助重信《じんすけしげのぶ》といい、羽州盾山《はしゅうたてやま》の林崎村に生まれ、独自に修業を重ねた末、居合いの技を会得したという。

居合いは刀で構えを取ることなく、柄に手をかけると同時に鯉口《こいぐち》を切って抜きあわせる初太刀《しょだち》の走りの速さに神髄を求めたものである。

石丸孫助が一度も刀を抜くことなく、平然としていたのは、そのためだったと真柄源之丞は見て取ったのだ。

「貴公、ひとつ、どうかな。それがしとともに銭の亡者どもから一万八千両召し上げてみようとは思われぬか」

「一万八千両……」

石丸孫助は啞然《あぜん》として目をむいた。

「それはまた、途方もない額でござるな」

「むろんのこと相手は海千山千《うみせんやません》のしたたかな商人どもゆえ、すんなりと吐きだすまいが、そのときは少々荒療治することになる」

真柄源之丞は双眸《そうぼう》を糸のように細めた。

「どうだろう。一人頭二十両の支度金で月に十両手当を出すゆえ、腕のたつ浪人者を集めてもらえまいか」

「ふうむ……それだけ出せば五人や十人はすぐにも集められましょう。なにせ、江戸には食いつめ者の浪人が掃いて捨てるほどおりもうす」

「なんの、たかだか商人相手じゃ。ものの七、八人も集められれば結構……」

真柄源之丞は懐中の胴巻から切り餅を二つ（五十両）、無造作に摑み出して、石丸孫助の前に置いた。

「とりあえず、それが当座の費用。預かっておいてもらおう。今夜はひとつおなごどもを呼んで飲み明かそう」

真柄源之丞が手をたたくと、すぐに階下から足音がして四十がらみの女将《おかみ》らしい細面《ほそおもて》の女が顔を見せた。

「もう、むつかしいお話はおすみになりましたの」

「おお、今夜は無礼講だ。お茶をひいているおなごはいるか」

「ええ、ちょうど二人……」

女将が指を二本立ててみせた。

「二人とも器量よしのうえに座持ちもいい妓《こ》たちですよ」

「よし、二人とも今夜は買い切ってやろう。呼んでくれ」

源之丞は懐の財布から小判を数枚つかみだして女将の前に投げ出した。

その小判の音が聞こえたかのように、二人の酌取《しゃくと》り女が階段をあがって笑顔を見せた。

女将は二人の女に目配せすると、入れ替わるように部屋から出ていった。

二人の女は抜き衣紋《えもん》で白い襟足《えりあし》を見せ、着物の裾《すそ》をからげ、赤い蹴出《けだ》しの下から素足をちらつかせたまま嬌声《きょうせい》をあげて部屋にはいってきた。

それぞれに真柄源之丞と石丸孫助の首に腕をからませて頬をこすりつけた。

「お、こ、これは……」

石丸孫助は賭場荒らしなどという荒っぽいことを平然とやってのけた男には似

合わず、女に腕を手繰《たぐ》りこまれ、抱きつかれると狼狽《ろうばい》して顔を赧《あか》らめた。

「ふふ、こちらの旦那《だんな》、おなごにはほんとにうぶみたい」

一人の女が白い腕を孫助のうなじに巻きしめ、唇を吸いつけつつ、孫助の手をとって襟前をひらき、むちりとした乳房にみちびいた。

「う、うう……」

石丸孫助は髭面を女の乳房にうずめているうち、勃然《ぼつぜん》と雄《おす》の本能に火がついたらしい。いきなり荒々しく女を押し倒すと、乱れた女の裾前を割ってのしかかっていった。

真柄源之丞はかすかに目を笑わせると、無言のまま一人で部屋を出て行った。背後で、石丸孫助におさえこまれた女が艶《つや》めいた声をあげるのが聞こえた。

石丸孫助はよほど女に飢えていたらしく、一人の女を抱きしめながら、もう一人の女にも手をのばし、裾前をかきわけて股ぐらに顔を埋めこんでいった。

こういうことに馴《な》れているらしく、二人の女は着物を脱ぎ捨てると肌襦袢《はだジュバン》ひとつになって、石丸孫助を二人がかりで羽化登仙《うかとうせん》の境地に誘いこんでいった。

第四章　男と女の糸

一

今朝はさすがの長雨もひとしきり降りやんで、薄日がさしてきている。

神谷平蔵の借家は玄関が南側になっていて、北側に十坪あまりの裏庭があり、掘り抜きの井戸がある。

隣家との境目には黒板塀があって、庭の隅に百日紅《さるすべり》や金木犀《きんもくせい》などの庭木がある。

百日紅は晩秋に枝を切りつめたが、早くも新芽が勢いよく伸び始めていた。

茶筒状に刈り込んである金木犀は秋になると甘い芳香をはなっていたが、今は新緑が芽生えはじめたばかりだった。

この界隈《かいわい》は四方が寺、寺、寺に囲まれている。浅草にしては閑静な一角だが、寺の大屋根が聳《そび》えたつなかで、なんとなく谷間のなかにいるような気分がしないでもない。

焼け出される前の団子坂上の住まいのような開放感はなかった。

そのぶん人家が多いだけに、患者もこのところ、おいおいにふえてきている。

——ま、駆けだしの町医者としては贅沢《ぜいたく》はいえんな……。

ともあれ、束の間の晴れ間である。

今のうちにたまっていた肌着と褌《ふんどし》を洗っておこうと盥《たらい》に水を汲《く》んで洗濯にかかった。

篠がいれば毎朝、かならず褌だけはとりかえてくれていたが、ひとり暮らしになると、どうしても面倒臭くなる。

——なに、だれに見せるわけでも、見られるわけじゃなし……。

そう思うと、つい二日に一度が、三日に一度ということになってしまう。

たまりたまって、とうとう予備の肌着と褌までが底をついてしまった。

小便のしずくで黄ばんだ褌をせっせと揉《も》み洗いしていると、伝八郎がだんまりでぬっと顔を見せた。

「なんだ、なんだ。大の男が裾《すそ》っからげで褌の洗濯とは情けないのう」

「ちっ、なにをぬかしやがる。篠の留守中はひとり暮らしだからな。飯も炊《た》けば洗濯もするさ」

「嘘をつけ。女房のいない留守になんとやらで、せいぜい羽根をのばしとるんじゃないのか」

「そういうのを下衆《げす》の勘繰《かんぐ》りというんだ。おれは品行方正そのものよ」

「やれやれ佐治門下で竜虎《りゅうこ》と謳《うた》われた剣士も所帯持ちになると、このざまか。見ちゃおれんわ」

縁側にどすんと腰をおろすと、盆のうえにおいてあった煎餅《せんべい》を無造作につかんでバリバリと齧《かじ》った。

矢部伝八郎は平蔵が餓鬼《がき》のころからの幼馴染《おさななじ》みで、鐘捲流の達人である佐治一竿斎の道場にともに入門した剣友でもある。

直参の家の次男に生まれたが、平蔵とおなじく養子に出されるのは真っ平御免で、共通の友人の井手甚内《いでじんない》と三人で資金を工面し、なんとか日本橋《にほんばし》の小網町《こあみちょう》に剣道場をひらくことができたのである。

いわば、ともに刎頸《ふんけい》の間柄でもある。

「おい。きさまこそ真っ昼間からこんなところで油を売っておっていいのか。かりにも道場の師範代だろうが」

「なに、今日は門弟もすくないし、井手さんと客分の柘植《つげ》どのがいてくれりゃ心配はいらん。家にもどれば育代《いくよ》から子守をおっつけられかねんからな」

「ははぁ、敵前逃亡か……」

「なにをぬかすか、束の間の息抜きよ」

どたんと縁側に大の字になると、やるせない溜息をもらした。

「おい、おたがい独り身のころのほうが気楽でよかったのう。おなごも三十路《みそじ》ともなると、したたかなもんよ」

むくりと腰をもたげると伝八郎、またもや太い吐息をもらした。

「ほう……」

平蔵は濯《すす》ぎおわった肌着と褌を物干し竿《ざお》に干しながら、気のない相槌《あいづち》をうった。

「さては育代どのと一戦やらかしたのか」

「なに、たいしたことじゃないがな……」

なんとも歯切れが悪い。

「おなごも婚して三年、四年とたつと亭主のあつかいがころりと変わるぞ。ことにややを産んだら、なおのこと亭主など、どうでもよくなる生き物よ。ちょいと文句でもいおうものなら、口もきかなくなって臀《しり》で返事するようになる。きさまも覚悟しておくんだな」

「ほう、そんなものかね……」

「おお、ま、早くいや、銭を運んでくりゃそれでよしてなもんよ」

伝八郎、ちっちっと舌打ちした。

「おもしろうないゆえ、近頃はあっちのほうもとんとご無沙汰《ぶさた》しておったのよ。なにせ、育代はややこにかかりきりだからの」

「ふふ、それで別口でもつくったか」

「い、いや、ま、そっちはそっちとしてだ。ゆうべはややこがむずかって、おれも寝そびれておったら、育代がややに乳をふくませながら、うつらうつらしはじめての。その甘い乳の匂いと白い乳房につられてむらむらときて、たまにはご機嫌伺いもよかろうと、手をだしてみたわけよ」

「ふふ、ご機嫌伺いとはしおらしいの」

「ところがだ。ややの添い寝をしながら育代のやつ、大欠伸《おおあくび》をひとつすると、夜具をめくってなんといったと思う」

伝八郎、げんなりした顔でぼやいた。

「いうにことかいて、眠いから早くすませてくださいね……とよ」

平蔵、思わず吹き出しかけた。

「なるほど、簡にして要をえておるな」

「おい、きささま、おちょくっておるのか」

「ま、いいではないか。べつに目くじらたてることでもあるまい。育代どのがいうとおり、さっさと事をすませればよかろうが」

「バカをいえ。裾継《すそつぎ》の安女郎じゃあるまいし、半分うつらうつらしながら、女房に股ぐらおっぴろげられてみろ。阿呆《あほ》らしくてやっとられんぞ」

「ははぁ……」

伝八郎の憤懣《ふんまん》はわからんでもないが、同調する気にもなれない。

「とはいえ育代どのは三人の子持ちだったところに、またまた、きさまのややを産んだばかりだ。子育てに忙しくて、亭主のことは二の次になるのもやむをえんだろう」

「なにぃ……」

「でなきゃ、外で調達してすますしかあるまい」

「ううん、それには銭も手間暇もかかる」

「だったら手近な女房で間にあわすしかなかろうが」

伝八郎、渋々、うなずいたものの釈然《しゃくぜん》としない顔つきだった。

「そうはいうが、いざ鎌倉《かまくら》という土壇場《どたんば》に戦意喪失《そうしつ》させられたら、げんなりものだぞ」

伝八郎は憮然《ぶぜん》として口をひんまげた。

「育代もハナのうちはの、しおらしくて、まめまめしく世話を焼いてくれておったわ。夜は夜でおれが手をのばすと、羞じらいながらも、いそいそとすがりついてきたものよ」

「ふふふ、今度は惚気《のろけ》か……」

「きさま、他人事《ひとごと》みたいにすましておるがな。なにせ役者はおなごのほうが一枚も二枚も上手《うわて》だからな。財布を握り、亭主のキンタマも握って涼しい顔よ。篠どのもいずれはそうなるぞ」

「しかし、財布はともかく竿は別物だぞ。もう少し、うまく才覚をはたらかせろ」

「おお、そのことよ。そのこと……」

伝八郎は髭面《ひげづら》を撫《な》でながら、にんまりして片目をつむってみせた。

「このあいだから目星をつけておった飲み屋の女中が、観音さまの境内《けいだい》でぶらぶらしておったのを見かけての」

「ほう、浮気の虫が目をさましたな」

「虫とはなんだ。虫とは……」

「わかった、わかった。きさまのは虫どころかうわばみの口だ。なにせ、モノがでかいからのう」

「なにぃ……」

「それで、うまくパクリとやったか」

「おお、ま、あたって砕けろでな。ちょいと声をかけたら店が休みで身をもてあましておったというから、旨《うま》い物を馳走《ちそう》してやろうといって誘ったところ、酒を飲ましたらとろんとなって、ふふふ……」

「ははぁ、そのまま、おねんねか……」

「ま、そういうことよ。なにせ、この女、根っからの好き者でな。一番ではものたりずに二番たてつづけよ」

「なにが好き者だ。きさまのほうが輪をかけた好き者だろうが」

「ちっ、ちっ、ちっ……なにをぬかすか。きさまとおれは同列には論じられんぞ。なにせ、きさまは年中、とっかえひっかえ女出入りの絶えん男じゃないか」

伝八郎が口を尖《とが》らせているところに玄関で女の訪《おとな》う声がした。

「お、患者らしいな……」

平蔵が急いで手を拭きながら玄関に出てみると、近くの田原町で「おかめ湯」という湯屋を営んでいる由紀《ゆき》という女だった。

浅草三間町《さんげんちょう》に浪人者の父と暮らしていた由紀は、父が他界したあと、十九のときに「おかめ湯」から望まれて嫁《とつ》いだが、その亭主も五年前に亡くなった。

そのあと由紀は番台に座り、女手ひとつで湯屋を切り盛りしている気丈《きじょう》な女である。

まだ二十五の女盛りで子もなく、色白の器量よしだったから、婿《むこ》になりたいという男はいくらでもいたが、由紀は柳に風で受け流し、浮いた噂《うわさ》ひとつない。

平蔵の借家にも内風呂があるが、ひとりで風呂を沸かすのも面倒臭いから「おかめ湯」に行くことにしている。

二

由紀はいつも愛想よく笑顔をかかさない女だが、今日は青白い冴《さ》えない顔をして、声も弱々しい。

「せんせい、昨日の夜から左の足首や親指の付け根がきりきりと針で刺されるように痛んで……」

眉根に皺《しわ》をよせて訴えた。

「ははぁ、どうやら痛風《つうふう》のようだな」

立っているのもつらいようすなので、手を貸して玄関脇の診療室に抱えこんだ。

「夜のうちに、だれか使いをよこせば往診してやったんだぞ」

「でも、おなごのひとり所帯ですから……」

どうやら、浮いた噂の種になってはと案じたらしい。

「ばかな。医者が往診したぐらいでとやかくいうやつなんぞ気にするな」

由紀に左足を立てて座らせると、着物の裾を膝近くまでたくしあげさせた。

白い綿足袋《めんたび》の上から親指の付け根を触診すると平蔵の指がふれただけで、由紀は「あっ……」と痛苦を訴え、足をすくめた。

足首もさわるだけで痛みが走るという。

「やはり、いつもの痛風だな」

「もう、つらくてつらくて……」

「そうだな。痛みは五日か七日もたてばやわらぐが、油断をすると、また出る」

「そんな……脅かさないでくださいまし」

「薬はあとでだしてやるが、さしあたりは指圧するのが手っ取り早い。いま指圧のツボを教えてやるから、湯上がりに自分でやってみるといい」

「え……は、はい」

平蔵は、横座りになった由紀の向こう脛《ずね》の内側にある三陰交《さんいんこう》のツボを親指で強く指圧してやった。

「いいか、ここを根気よく何度もおしていると楽になってくる」

平蔵はくるぶしの内側から指四本ほどあがったところに、繰り返し何度も指圧をつづけてやった。

「あ、ああ……そ、そこ」

由紀は心地よいのか、目をとじて口を半びらきにして、うっとりしている。

「どうだ。すこしは楽になったか」

「え、ええ……それは、もう」

「しかし、この足で、よく歩いてこられたな。だれぞ、おぶって連れてきてくれるような男はいないのか」

「はい。釜焚《かまた》きの太平《たへい》さんは六十爺さんで薪割《まきわ》りと釜焚きで精一杯ですし……女中のおきみはまだ十六ですから台所仕事がどうにかできるだけで、とてもわたしをおぶうなんて無理ですから」

「だれぞ一人、躰のしっかりした男を雇うわけにはいかんのか」

「前に一度、薪割りと洗い場の垢《あか》すりをしてくれる男衆《おとこし》を雇ったことがあるんですけれど、それが、とんだ遊び人の道楽もので……」

由紀はいいさして、口を濁《にご》した。

「ははぁ、そやつ、不埒《ふらち》にも女将《おかみ》に夜這いでもしかけてきたか」

「え、ええ……ま」

由紀はまぶしげに目をそらした。

「ふふ、無理もないの。あんたには色気がありすぎるからな」

「そんな……」

由紀は羞じらって目をすくいあげた。

「よしよし、その足で歩いて帰れというわけにもいくまい。［おかめ湯］までおぶっていってやろう」

「え……滅相《めっそう》もない」

「なにをいうか。無理して歩くと、またぶりかえすぞ。近所の目など気にするな」

そこへ伝八郎がぬっと顔を出して、しゃしゃり出た。

「なんだ、なんだ。［おかめ湯］の女将じゃないか」

「ま、矢部さま……」

伝八郎も平蔵につきあって何度か［おかめ湯］にいったことがある。

「痛風だそうだの。ありゃ辛《つら》いもんだ。よしよし、おれが神谷のかわりに、おぶって進ぜる。なに、神谷より、おれの背中のほうが広くて頑丈だからの」

強引にしゃしゃり出た。なにせ、伝八郎は美人となるとダボハゼみたいに飛びついてくる男である。

「さ、遠慮はいらんぞ」

有無をいわさず、幅のある背中を向けてしゃがんでみせた。

「せんせい……」

由紀は困惑したように平蔵をかえりみた。

「いいだろう。だっことおんぶはこいつの得意技だからな」

苦笑しながら、うなずいてみせた。

痛風に卓効のある痛絡丸《つうらくがん》を出してやり、由紀が遠慮するのもかまわず伝八郎におぶわせて、いっしょに［おかめ湯］まで送っていった。

由紀を離れの居間に落ち着かせて、料金は薬代もいれて一分だというと、由紀はそれではもうしわけありませんと二分も包んでよこした。

すこし、多すぎるかとは思ったが、おみさから取りっぱぐれたぶんも、これで賄《まかな》って余りがある。

世の中はうまくできているものだ。

痛風の予防には、できるだけ脂《あぶら》っこい物は食わないようにしろ、とすすめているうちに手早く近くの蕎麦《そば》屋に注文したらしい［あられ蕎麦］が二人前、届けられてきた。

そう気を使わずともよいぞ、といった口の下から平蔵の腹の虫がしつけもなく騒ぎだした。なにしろ朝飯も食っていなかったのだから無理もない。

むろんのこと伝八郎は遠慮もなく、さっさと丼《どんぶり》を手にしている。

青柳《あおやぎ》の小柱と海苔《のり》の香ばしい匂いが否応《いやおう》なく鼻腔をくすぐり、添えられた三つ葉が食欲をそそる。

ことに［あられ蕎麦］は平蔵の大好物のひとつでもある。つつしみもなく箸《はし》をとるなり、丼を抱えこんでかぶりついた。

由紀が診療にこなかったら、いまごろは冷や飯に茶をぶっかけて、沢庵《たくあん》を齧りながら茶漬けをかきこんでいたにちがいない。

またたくうちに二人とも、丼の汁《つゆ》一滴も残さず綺麗に平らげた。

「あら、ま……お二人とも、よほど、お腹が空いていらっしゃったんですね」

そのあいだ、かたわらで横座りになっていた由紀がほほえみかけた。

「いかい馳走になった。また具合が悪《あ》しゅうなったら、いつでも声をかけてくれ。往診といっても近場だ。遠慮はいらぬ」

「ありがとうございます」

「なんの、女将。内湯より［おかめ湯］のほうがずんと広くていい。また神谷と連れだってはいりにくるぞ」

伝八郎、どうやら由紀が気にいったと見えて、えびす顔で売り込んでいる。

――こいつ、もしやして育代どのの目を盗んで夜這いにでも来る気じゃあるまいな。

平蔵、じろりと横目で睨《にら》みつけたが、伝八郎はどこ吹く風である。

おきみという小娘に送りだされて、二人は［おかめ湯］を出た。

あれだけの器量よしが女手ひとつで湯屋を営んでいくのは並大抵のことではな

い苦労があるにちがいないだろう。

広小路につづくこの通りは、いつもながら浅草寺参詣の人びとで賑《にぎ》わっている。腹がくちくなると、人は怠惰《たいだ》になる。

伝八郎といっしょに広小路を腹ごなしがわりに歩いているうちに、ふと先日、研師《とぎし》の文治《ぶんじ》に預けておいたソボロ助広《すけひろ》がもう研ぎあがっているころだろうと思いついた。

「おい。育代どのとは早いところ手打ちしておけよ。育代どののほうも、それを待っているころだろうて……」

「ン……そうかのう」

「そうよ。夫婦仲は下手《へた》にこじれると始末にわるいぞ」

なんとも、ふんぎりの悪そうな伝八郎の背中を一発どやしつけておいて、松永《まつなが》町《ちょう》の文治の仕事場に向かった。

三

研師の文治は亡父の代からの馴染みで、研ぎの腕もいいし、血脂が残っていようが、刃こぼれしていようが、よけいな詮索《せんさく》はしない男である。

かつて文治は木挽町《こびきちょう》にいたが、下谷《したや》界隈には直参旗本や御家人がひしめきあっているので研ぎを頼む客が多いという。

こっちのほうが万事に都合がよかろうと、一年前に松永町に越してきたのだ。

研師の文治は奥の間においてあった助広をもってくると、鞘《さや》を払って刀身を眺めながら満足そうにうなずいた。

「何度拝見しても惚《ほ》れ惚《ぼ》れいたしやすねぇ、この助広は……でぇいち、研ぎ味がなんともいえませんや。こいつで斬《き》られりゃ悪党もさぞかし本望でしょうな」

なんとも物騒なことを口にして、にやりとした。

「おい、おれは、そう滅多やたらと人を斬ったりしてはおらぬぞ」

平蔵は苦笑いして助広を受け取り、かわりに腰にしていた井上真改《いのうえしんかい》を研ぎにだした。

ふと、上がり框《かまち》に木版の浮世絵が置いてあるのが目に止まった。

「ほう、文治もこんな艶《つや》っぽい絵を見るのかね」

「へへへ、毎日、明けても暮れても刀ばかり相手にしていると脂っけがなくなりやすからね。たまには艶っぽい絵でも見なくちゃ、人間ひからびてきやすから」

「ふふ、たしかにな。おれも病人や怪我人ばかり診《み》ていると、稼業とはいえうんざりするからのう」

「その雪英《せつえい》って絵師が、これまた年増《としま》ですが滅法《めっぽう》いい女でしてね。あっしは新しい版が摺《す》りあがるたびに買ってますんで、へい」

「なに、雪英とな……」

急いで浮世絵を手にとってみると、なるほど雪英の落款《らっかん》が印されている。

「へ、神谷さまも雪英をご存じなんで……」

「おまえは雪英と顔見知りなのか」

「へえ、たしか前は鍛冶町《かじちょう》にいたらしいんですがね。去年の夏あたりに佐久間町《さくまちょう》に越してきたそうです。ちょくちょく近くの湯屋で顔を合わしますんで、番台の爺さんに聞いてみたら浮世絵師の雪英だと耳打ちされて、ぶったまげましたよ」

文治はにやりと片目をつむってみせた。

「なんでも、かれこれ三十路になるそうですが、湯屋の脱衣場ですっぽんぽんになったところなんざ、浮世絵の女も顔負けの色っぽいもんですぜ」

「ははぁ……」

湯屋は湯舟だけは男湯と女湯のあいだに目隠しの板があるものの、脱衣場はほんの仕切りがわりに空き籠《かご》が積んであるだけだ。

洗い場の仕切り板も申しわけについているだけで、ちょいと目を向ければ垢落としをしている女の姿が丸見えになる。

江戸の藩邸詰めになった国侍が江戸に来ると、まっさきに湯屋に通って目保養すると聞いている。

江戸の職人たちは、湯屋でそんな国侍を見つけると軽蔑して、「そんなに女の裸が見たけりゃとっとと色街にいきやがれ」と罵倒《ばとう》して喧嘩《けんか》沙汰になる。

「ちっ、刀の研師が湯屋で鼻の下をのばしていると刀が泣くぞ」

「へっ、泣くどころか、切れ味がぐんとよくなりまさぁ。それより神谷さまはどうして雪英をご存じなんです」

「まぁ、な……」

雪英との縁には、むやみと人にはあかせないものがある。

ホロ苦い目になってごまかした。

四

雪英は本名を雪乃《ゆきの》といい、かつて悪党から金で平蔵の刺客を頼まれ、平蔵と刃《やいば》をかわす羽目になって、逆に平蔵が斬り伏せた向井《むかい》半兵衛《はんべえ》という剣客の妻だった女である。

向井半兵衛は胴田貫《どうたぬき》の剛剣をふるうなかなかの遣《つか》い手で、そのとき平蔵も右腕の肉を削《けず》られ、その傷痕はいまだに残っている。

半兵衛は虫の息の下から日々の暮らしにつまり、十五両で平蔵の刺客を頼まれたともらしたあと、財布の小判を妻の雪乃に渡してもらえないかと言い残して、息を引き取った。

半兵衛の長屋に雪乃を訪ねた平蔵は、雪乃がちょうど癪《しゃく》の発作に苦しんでいたところだったので、指圧と印籠《いんろう》にいれてあった癪の妙薬を飲ませて発作を抑えてやったといういきさつがある。

平蔵はやむをえず夫の半兵衛を斬ったいきさつを述べて、雪乃の恨みは甘んじて受けると告げた。

雪乃は夫の死に一旦は涙したものの、気丈にも夫が末期の息の下から平蔵に金と関所手形を託したのは平蔵の人柄を見定めてのことにちがいないと述べて、露《つゆ》ほども恨みとは思いませぬと語った。

とはいえ、雪乃が極貧のなかでひとり取り残されたことを思うと、そのまま帰るわけにはいかなかった。

武士が市井《しせい》に生きるむつかしさは、平蔵も長年、胴身にしみていた。

ことに武家育ちの妻女《さいじょ》のひとり暮らしはなおさらのことである。

下手をすれば食いつめて花街《かがい》に身を沈めることにもなりかねない。

余儀ない仕儀だったとはいえ、雪乃の夫を手にかけた平蔵としては、そのまま、ほうってはおけなかった。

とりあえず懐中にあった二両の金を半兵衛への供養《くよう》にと渡し、雪乃が武家育ちで読み書きができることから、鍛冶町に手習い塾がひらけるような仕舞屋《しもたや》を見つけてやって、転居の荷車押しまで買ってでた。

そのときは矢部伝八郎が引っ越しの手伝いをしてくれたものだ。

家主が知り合いだったことから、手習い子を集めてやってくれと頼んでおいた。

近くに手習い塾がなかったこともあって、なんとか女ひとり暮らしていける目途がついたということだった。

しばらくしてから雪乃が絵筆に非凡な才があることを知って、知己の斧田《おのだ》同心のために探索中の悪党の似顔絵を描いてもらったことがある。

雪乃は幼いころから一度見たものをそのまま絵筆に再現してみせることができる天賦《てんぷ》の才能があった。

そのときも雪乃の似顔絵は見事な出来映えで、その悪党そっくりだったおかげで捕縛《ほばく》することができた。

間もなく雪乃の画才に目をつけた浮世絵の版元をしている雅仙堂《がせんどう》が、雪乃に雪英という画号をつけて浮世絵師として使うようになったと聞いてとりあえず安心していた。

しかし、絵師というのは男と女の秘め事を描く、いわゆる枕絵《まくらえ》を描かないと暮らしてはいけない職業でもある。

狩野探幽《かのうたんゆう》や菱川師宣《ひしかわもろのぶ》のような名のある絵描きも枕絵に筆をとっているし、古くは土佐派《とさは》の巨匠たちも枕絵を残している。

武家や寺の襖絵《ふすまえ》や屛風絵《びょうぶえ》などは御殿絵師という格式のある絵師だけが筆をとることができ、どんなに画才があっても町の絵師は頼まれない。

　また武士や町人たちは風景画などに銭はださないが、江戸の名所案内図や芝居役者の似顔絵、枕絵なら喜んで銭を払う。

　とはいっても絵師としては商売とはいえ、名所案内図や役者の似顔絵というものに筆をとる気にはなれないものだ。

　版元は商いのうえで、また絵師も画才を生かすには、枕絵のほかにはこれという商品がなかったのである。

　江戸の藩邸詰めになった地方の武士が暇なときに足を運ぶのは花街だし、帰藩するときの土産《みやげ》に買うのも枕絵だった。

　人という生き物は格別に高尚なものではなく、ひと皮むけば似たり八合のどっこいどっこいの代物なのだ。

　そして、よろず人の世は色事と物欲がついてまわるものでもある。

　むろん、絵も芝居も銭になるのは色事のほうにきまっている。

　文治がもっていた枕絵も、その口だった。

　あらためて眺めてみると、たしかにぞくりとするほど艶っぽい枕絵だった。

　絵柄は蚊帳《かや》のなかで職人らしい筋骨たくましい男と、女房らしい年増女との房事を精緻《せいち》に描いたものだった。

貧しい浪人者の妻だった雪乃が描いたものとはとても思えなかったが、おそらく夫を亡くした雪乃が一人で生きていくにはこれしか道がなかったのだろう。

夫の向井半兵衛とて暮らしの金が欲しさに平蔵の刺客を引きうけたことを思えば、女の独り身で生きていくには、こうするしかなかったにちがいないことはわかる。

しかし、夫の向井半兵衛をみずからの手にかけた平蔵としては胸が痛む。

雪乃が住まう佐久間町はここから目と鼻のところである。

まだ雪乃が、そこに住んでいるかどうかはわからないが寄ってみることにした。

文治に雪乃の住まいをたしかめると、佐久間町二丁目に向かった。

五

雪乃が転居した先は長屋ではなく、黒板塀に囲まれた一軒の平屋であった。

どうやら雪乃の暮らし向きにもゆとりができたらしい。

戸前に立って訪いをいれると、しばらくして「どちらさまでしょうか……」とためらいがちな女の声がした。

「雪乃どのですな。かつて新石町《しんこくちょう》にいた神谷平蔵でござるが、お忘れになりましたか」

「ま、神谷さま……」

まさかと驚いたような声がして、せわしなく障子戸がひきあけられた。

もう雪乃は三十路になっているはずだが、面立《おもだ》ちはすこしの変わりもなかった。

しかも、あのころは食も細く、どちらかというと痩せぎすの女だったが、いまは頬もふっくらし、胸も厚みがあり、腰まわりにも女盛りを思わせるふくらみがあった。

「研師の文治からここに引っ越してこられたと聞いたばかりでしてな」

「ああ、文治さんから……」

雪乃はうなずいて、さ、どうぞ、ご遠慮なくとうながした。

「ほんとうにしばらくぶりでございます。新石町から引っ越されて、もう、何年になりますかしら……さぁ、とにかく、おあがりくださいませ」

「よろしいのかな。手前のような男があがりこんでも……」

もしやして男がいるのかも知れぬと思ってたしかめてみた。

「なにをおっしゃいますやら、さ、さ、どうぞ……」

雪乃はいそいそと迎えいれた。

雪乃は八畳と四畳半の部屋をぶちぬいて板張りにし、画業に使うようにしたらしい。

壁ぎわに衣紋掛《えもんか》けが置いてあって、彩りも華やかな女物の着物が重なりあいながら吊るされている。

絵姿に使う小道具らしいなと思った。

部屋一面に乱雑に浮世絵の下書きらしい線引きの絵がちらばっている。

芝居役者の似顔絵らしいものもあったが、大半は枕絵の下絵らしく、艶《なま》めかしい線画が何十枚となくあった。

それも、おおかたは女のさまざまな艶姿《あですがた》で、しかも仰臥《ぎょうが》と、横臥《おうが》と、後ろ向きの寝姿が大半だった。

なかにはあからさまに躰をひらいて男を迎えいれている女の放恣《ほうし》な線描《せんびょう》もある。

ただ、おなごの顔はおおまかな輪郭だけで目や耳、鼻や口も描かれていなくて、のっぺらぼうのままだった。

しかも、男の顔は侍髷《さむらいまげ》や町人髷と描き分けられているが、女の髪はきわめておおざっぱなものだった。

なんとなく見てはならぬものを見てしまったような気がした。

廊下の奥の四畳半の前に厠《かわや》があり、さらに奥に寝間らしい部屋が見え、台所がある。間口のわりに奥行きのある造りのようだ。

雪乃が台所で茶を淹《い》れてくれているあいだに部屋を見渡していて、鏡台がいくつもあるのが目についた。

高さも角度もさまざまで、座っている平蔵の顔もいろんな角度から映っている。

「ふうむ……」

首をかしげながらも鏡台がいくつあるか数えていると、雪乃が茶を淹れた盆を手にしてもどってきた。

「この鏡は絵を描かれるときに使われるためのものですかな……」

「ま、お気づきになりましたか。お恥ずかしいところをお目にかけてもうしわけありませぬ……」

茶を差し出しながら雪乃は羞じらうように頬を染めた。

「舞台裏をお見せしては隠しようもございませんわね」

雪乃はまぶしそうな目になったが、すぐにさらりといってのけた。

「この鏡はすべて絵を描くときに使う小道具のようなものですわ」

「ほう……小道具ですか」

「ええ……ま、わたくしだけのないしょの小道具ですの」

雪乃はちらばっていた下絵を急いでかき集めると、ちょっとためらってから、羞じらうように目を笑わせた。

「わたくし、お恥ずかしいはなしですけれど雅仙堂さんからの注文で枕絵を描いております」

「なんの、恥じられることなどさらさらありませんぞ」

市井の巷《ちまた》に生きるには、世間向けの見栄や体裁などかまってはいられないことは平蔵も胴身にしみている。

今は平蔵もいちおうは医者の看板をあげているもの、泥棒防ぎの用心棒をしたり、ときには刺客さえ引きうけ、思わぬ多額の礼金をもらったりして凌《しの》いできている。

刀にものをいわせるより、人がささやかな楽しみを求めて銭を払ってくれる浮世絵師のほうがはるかに罪はない。

「それがしの知己に菱川寿喜麿《すきまろ》という絵師がござるが、この男は直参の家も身分もかなぐり捨てて、雪乃どのとおなじように枕絵を描いて暮らしておりますよ」

「あら、菱川さまなら、わたくしもよく存じあげております」

人というものは見栄をかなぐり捨てると気楽に本音をさらけだすものだ。

雪乃は武家の妻だったという古着を捨て去って生きているものの、浮世絵師という仕事の舞台裏をどこまで明かしていいものか迷っているようだった。

「医者も浮世絵師も生身の人間が相手の稼業でござるよ」

平蔵は雪乃の気持ちをほぐしてやるためにも、いくらか饒舌《じょうぜつ》気味になった。

「なにせ、ひとなどというものは、ひと皮むいてすっぽんぽんになれば、千代田《ちよだ》の城の上様も、われらとすこしの変わりもござらん。日々、口から餌《えさ》を食らい、ケツから糞便《ふんべん》をひりだしておる。いわばおなじ穴の狢《むじな》でござるよ」

「ま……」

「もしやすれば雪乃どのの枕絵を見ては、千代田の大奥で上様が側女《そばめ》と励んでおられるやも知れませんぞ」

「まさか……」

雪乃の顔が笑みくずれて、だいぶ気が楽になったようだった。

六

一度、楽屋裏をさらけだしてしまうと腹が据わったのか、一口に枕絵といっても、人の躰というのはむつかしいもので、ことに着物を脱ぎ捨てた人体ほどむつかしいものはないと雪乃はためらいがちに語った。

「後ろ向きのときや、横になったときなどは人さまざまに変わりますので……わたくしが夜中にひとりでいろんな格好をして、鏡に映してはたしかめておりますの」

「そなたが、ご自分を……」

「ええ、雅仙堂さんにお願いすれば手本になってくれるおひとを手配していただけますが……ひとさまにいろいろと注文をつけるのも気がひけますので、いっそのことわたくしを描くほうが気楽でございます」

「なるほど、ことに夜中ともなればなおのことですな」

「え、ええ……それで、合わせ鏡を使ってみようと思いましたの」

雪乃はためらいがちに、途切れ途切れにつぶやくように語った。

「ほう、合わせ鏡とは、また……」

平蔵は目を瞠《みは》り、あらためて雪乃がかき集めた下絵を手にとった。

そう思って見ると、なるほど女体は後ろ向きや、横向きの図柄が多い。

「湯屋では立ち姿や座ったおなごを見ることはできますが、寝姿というのは見ることがありませぬゆえ……」

「ふうむ……」

平蔵は思わず嘆声をもらした。

「というと、この下絵は雪乃どのご自身を描かれた……」

「え、ええ……菱川さまのように、手本のためにおなごを雇うというほどの余裕もございませんし」

すこし眩《まぶ》しそうな目になって微笑した。

雪乃は天性、一度見たものは瞼《まぶた》の裏に焼きつけて、のちに絵筆に描くことができるのだ。

だからこそ、想像だけで、おおざっぱに人体を描くことは性分としてできなかったにちがいないと思った。

夜中にひとりで、自分の姿を合わせ鏡に映して筆をとっている雪乃の孤独が、平蔵の胸にひたひたとしみいった。

人の躰ほどむつかしいものはないと小川笙船からも聞いたことがある。

人によって手足の長さや骨格は千差万別で、顔立ちもさまざまなら、さらに表情などは時によっておおきく変貌する。

ことに他人の寝姿というのはおいそれと見られるものではなかろう。

しかも、雪乃は枕絵などという、人が滅多に見せない肢体を描くことで暮らしを立てているのだ。

一世を風靡《ふうび》した絵師たちも枕絵に筆を染めているし、平蔵が千駄木で知り合った菱川寿喜麿も旗本の家禄を捨てて、いまも枕絵で暮らしをたてている。

絵師で枕絵に筆をとらずに暮らしてゆける者は数すくない。

雪乃のような三十路前の貧しい女が、たったひとりで生きてゆこうとすれば花街に身を沈めるか、金のある商人の妾《めかけ》にでもなるしか道はなかっただろう。

さいわい雪乃は画才に恵まれていたが、枕絵というのは女が主役である。

女が女を描くというのは逆にむつかしいともいえる。

ことに自分の後ろ姿や横向きの姿は、合わせ鏡でも使わないと見られないだろう。

とはいえ、深夜、ひとりで自分のさまざまな裸身を合わせ鏡に映し、絵筆を走らせている雪乃がこのうえなくいじらしく思えた。

「ご苦労をなされますな」

「いいえ。わたくしに絵筆がなかったら、いまごろはどうなっていたかと思うと……」

雪乃はひたと平蔵を見つめ、深ぶかと腰を折って頭をさげた。

「連れ合いの向井は暮らしに困窮し、わずかな金をもらうために神谷さまのお命をちぢめようといたしましたのに、わたくしは、その神谷さまにいろいろとお世話していただきました」

雪乃はしんみりとつぶやくように語った。

「そのおかげで、どうにか暮らしていけるようになりました。ほんとうに、お礼のもうしようもございませぬ」

「いやいや、それがしは何もしてはおりませぬぞ。雪乃どのに天性の資質があったればこそでござる」

「資質だなどとおっしゃられると恥ずかしくて身がすくみますわ」

「なんの、雪乃どのの画才は余人にはできぬ天与の賜物《たまもの》でござる。恥じられることなど露ございませぬぞ」

それは平蔵の本音でもあった。

「それがしとて稼業とはいえ、人のシシババの面倒をみたり、ときには妊婦の出産を手伝ったかと思うと、また痔疾《じしつ》の治療もせねばならず、果ては悪党どもの怪我の治療とて、医者として断るわけにはまいらぬ。まったくもって因果《いんが》な稼業でござるよ」

「ま……」

たがいに内幕をさらけだして語りあったおかげで雪乃も気が楽になったらしい。

「なにもございませんが、いま、お酒の支度を……」

と立ちあがろうとした。

「いやいや、かまわんでください」

女ひとりの家にあまり長居をしては近所の目もあると腰をあげかけたとき、ふいに雪乃が身を揉みこむように苦悶の声を放った。

腹を両手でかかえている。一目で癪の発作だとわかった。

そういえば雪乃は癪の持病があったことを思い出した。

癪は男より女に多い持病で、その痛苦は錐《きり》を揉みこむように鋭く、ついには卒倒することもある。

「そのまま、そのまま……」

平蔵は急いで雪乃の背後にまわり、両の親指で脊椎《せきつい》のツボを探りあてると、力をこめて指圧を繰り返した。

「心配はいらぬ。たしか前にも手当てをしてさしあげたおぼえがある」

「は、はい……もうしわけ……ありませぬ」

「気遣いは無用。気を楽になされ……」

たしか印籠に癪の妙薬がはいっていたはずだと思いながら、しばらく指圧をつづけているうちに切迫していた呼吸が静まり、息づかいが穏やかになってきた。

台所にいって水瓶《みずがめ》から柄杓《ひしやく》に水をすくい、印籠から癪の丸薬をとりだし、雪乃の口にふくませた。

「もうしわけございませぬ。神谷さまがいらしてくださらなかったら、どうなっていたかと思うと……」

「なんの、癪で死ぬことは滅多にござらん。後日、癪の妙薬をお届けするゆえ、ご心配なされるな」

雪乃の背中を静かに撫でさすりつつ、笑みかけた。

「あとで帯紐《おびひも》をといて、しばらくは安静になさっているがよい。それに夜更かしもほどほどになさることですな」

「は、はい……なにからなにまでお気遣いいただいてもうしわけございませぬ」

ようやく頰にも血の色がもどってきたのを見て、平蔵は腰をあげた。

――おみさといい、由紀といい、雪乃といい、おなごながら独り身で、暮らしをたてているのは健気《けなげ》なものよ……。

雪乃の家を辞した平蔵はそのまま自宅に帰る気にはなれなかった。

いつの間にか、気がつけば足は千駄木に向かっていた。

このところ、めずらしく患者の絶え間がなかったので、千駄木の篠の見舞いにも足を運んでいない。

途中、甘い物好きのお勝の土産に串団子《くしだんご》を買って寛永寺《かんえいじ》の脇道を抜け、団子坂をのぼって黒鍬組の組長屋に向かった。

七

千駄木の義父の組長屋を訪うと、篠がちょうどお勝の手を借りて腹帯《はらおび》を新しい白布に巻き替えているところだった。

「あら、ま……」

篠が急いで背を向けかけようとしたら、お勝が揶揄《やゆ》するように笑った。

「いまさら、なんですか。旦那《だんな》さまはお腹のややを仕込んだ張本人でしょうに……」

「もう、お勝さんたら……」

篠が睨んで、お勝の背中をぶった。

「あら、だって団子坂にいらっしゃったころはお風呂で背中の流しっこまでなさったんでしょう」

「え……」

「それにそもそもは篠さまがお風呂からあがってらした、すっぽんぽんのところに旦那さまがいらっしゃって、そのまま抱きあげて寝間に運ばれたのがはじまりだったとおっしゃったじゃありませんか」

「もう、いやだ。お勝さんたら、なにもそんなことまで……」

「いいじゃありませんか。そんな出会いなんて滅多にあるもんじゃありませんよ。あ〜あ、羨《うらや》ましいこと」

お勝はぴしゃりと篠の背中をぶつと、平蔵を見てくすっと笑ってみせた。

どうやら篠は、お勝になにもかもあけすけにしゃべっているらしい。

それにしても、流産しかけて気が滅入っているかと思っていた篠が存外、明るく暮らしているらしいのを見て平蔵も安心した。

平蔵は苦笑しながら、腹帯をしめかけている篠の腹まわりが、しばらく見ないうちにひとまわりも、ふたまわりもふくらんできたのに驚いた。

「ふうむ、ようふくらんでおるの……まさか双子というわけじゃあるまいな」

「もう、いやですよ。そんなにしげしげと見ないでくださいな」

篠が羞じらいながらも、急いで着物の裾を腹に巻きつけて腹のふくらみを隠した。

「よかったな、ここに来て……お勝さんがいてくれれば、おまえも心強いだろう」

「ええ、それはもう……でも、おまえさまには何かとご不自由をおかけしてもうしわけありませぬ」

「なんの、おれはひとり暮らしには手馴《てな》れたものよ」

お勝が淹れてくれた茶をすすりながら、平蔵はこともなげに笑った。

「朝寝して飯を炊きそこねても、近くには飯屋もあれば蕎麦屋もある。気楽なもんよ」

「あら、ま、それじゃ、今日はうんとご馳走をつくってさしあげませんと……」

そういうと、お勝は気さくに腰をあげた。

「お篠さま、ちょっと片町《かたまち》まで買い物にいってまいりますから、旦那さまとごゆっくりなすっていてくださいましね」

襷《たすき》がけの紐と前掛けをはずすと、下駄をつっかけて出ていった。

篠がくすっと忍び笑いした。

「お勝さん。ああみえて、結構、気を使ってくれているんだわ」

「ン？」

「きっと、おまえさまと二人きりにさせておいてやろうというつもりなんでしょうよ」

「ははぁ……」

平蔵、思わず苦笑いした。

「しかし、その腹でしんねこになってもな」

「もう、なんてことおっしゃるんですか」

篠が笑いをこらえながら睨むと、膝でにじりよった。

「笙船先生が、昨日、往診してくださって、あと、ひと月もすれば落ち着くそうですよ」

そう、ささやくと平蔵の手をとって甘えるように背中をあずけてきた。

「でも、身ふたつになるまではここにいるほうがよいのではないか、とおっしゃって」

「うむ。おれもそのほうがよいと思う。お勝さんがいてくれるし、ここは浅草界隈よりも大気が澄んでいるからな」

「それに、ややを産むときのわたくしをおまえさまに見られたくありませんし……近くに笙船先生が紹介してくださった腕のいい産婆さんがおいでなので、そのおひとにお願いするつもりでいますの」

――そうか、そういうことか……。

篠がいわんとしていることが、すぐさま平蔵にも理解できた。

篠はこれまで平蔵といっしょに何度も出産の手助けをしてくれている。

篠は初産《ういざん》だが、出産は女にとって神聖で厳粛なものであるとともに、おなごがなりふりかまわず、毛物《けもの》の牝《めす》になるときでもある。

男にとって戦いが命のやりとりの修羅場《しゅらば》であるのとおなじように、女にとっては血なまぐさい修羅場といえる。

そんな血なまぐさい自分を平蔵に見られたくないと篠は思っているにちがいなかった。

かつて平蔵の畏友《いゆう》のひとりである井手甚内の妻の佐登《さと》が出産したときも、縫がとりあげて、平蔵と甚内は隣室で囲碁《いご》を打って待っていた。

縫が産室に男がはいるものではないと厳しく拒否したからだが、その真意はよくわかった気がする。

その後、どうしてもと頼まれて赤子を取りあげたことは何度かあるが、出産はまさしく女の戦場である。

篠はそのことをいっているにちがいない。

あられもなく声をあげ、綱をつかんで、血みどろになって赤子を産み出す姿を平蔵に見られたくはないということだろう。

平蔵も、また、見たいとは思わなかった。

武家では産室に夫が顔を出すことは、まずないし、妻も望まない。夫は産着《うぶぎ》に包まれたややと初めて対面する風習でもある。

「おまえの望むとおりにすればよい。がんばって、丈夫なややを産んでくれよ」

八

千駄木から帰宅してみると、竈《かまど》に釜がかけられ、飯が炊きあがりかけていた。

「お……」

見れば台所に出しっぱなしだったはずの茶碗や箸も綺麗に洗われて、白い布巾《ふきん》をかけられている。

菜っ葉の切れっ端があちこちに散らかっていたはずの土間もゴミひとつなく綺麗になっていた。

おまけに敷きっぱなしだった布団はきちんと畳まれ、枕が上に鎮座している。

まるで狐《きつね》につままれたような気がしたとき、裏庭から平蔵の肌着や褌を抱え、甲斐甲斐《かいがい》しく襷がけして、手拭《てぬぐ》いを姉さまかぶりにした由紀が下駄の音を響かせて土間にはいってきた。

「あら、お帰りなさいまし……」

急いで姉さまかぶりをはずして、由紀がまぶしそうな目を笑わせた。

「これは、由紀どの……」

「お留守に勝手にお邪魔してすみません」

由紀は洗濯物をきちんと畳むと、襷がけの紐をはずした。

「おかげさまで足の具合もよくなって、すっきりしましたわ」

「う、うむ……とはいえ、わざわざ礼にくることはないぞ」

「いいえ、湯屋のほうはみんなが心得ておりますので、ゆっくりやすんでいろともうしますけれど、根が貧乏性なものですから……」

由紀は竈の前にしゃがみこむと、薪の火加減をたしかめた。

「今朝のお礼にうかがいましたら、お隣の方に奥さまが里帰りなすってしばらく留守にされていると聞きましたの」

「う、ううむ……実は家内はこれでな」

やむをえず、両手で腹ぼてのようすをしてみせた。

「お隣でお聞きしましたわ。なんでも流産しかけてご実家で養生なすっているそうですわね」

いいさして、由紀はしゃがんだまま竈の火をきびきびと落としにかかった。

「でも、洗濯物を干しっぱなしにしておくと、夜露に濡れて洗い直すことになりますし、それに釜に洗ったお米をいれっぱなしにすると、水を吸って米がやわらくなりすぎますのよ」

「お、おう……たしかにな」

「男のひとり暮らしは蛆《うじ》が湧くともうしますでしょ。奥さまがお戻りになるまでは暇を見て、ご飯を炊いたり、洗濯をしてさしあげたいと思っていますの」

「いや、ありがたいが、そうまでしてもらっては……」

「あら、それとも、どなたか身の回りのお世話をしてくださる方がおいでなのですか」

「いや、そんなものはおらんが」

「だったら、おまかせくださいまし、湯屋の空いている暇をみてまいりますから……」

由紀はこともなげにほほえむと、上がり框においてあった風呂敷包みから重箱を取り出して、蓋《ふた》をあけた。

「今日は晩酌《ばんしゃく》の肴《さかな》にと思って味噌漬豆腐《みそづけどうふ》をもってまいりました」

「なに、味噌漬豆腐とな……」

「ご存じありませんか」

「い、いや……よう知っておる。風趣に富んで、なかなかの美味じゃ」

「それはようございました。あとは縁側の雑巾《ぞうきん》がけをいたしましたら帰らせていただきますので……」

また、手早く襷がけになると、雑巾を手に裏庭に出ていった。

「ふうむ……」

平蔵、やんぬるかなと腕組みして、由紀のむちりとした臀を見送った。

——ま、いいか……。

どうやら由紀は、このぶんではちょくちょく世話を焼きにくるつもりらしいが、だからといって、とりたてて咎《とが》めだてすることもない。

ちらかしっぱなしだった台所が綺麗になっているのを眺めて、やはり家に女手がいるといないでは大違いだなと感心していると、表から佐川七郎太《さがわしちろうた》が、ぬっと顔を出した。

「おお、神谷どの、ご在宅だったか……」

「これは珍しい。久方ぶりですな」

「いやはや、このところ道場のほうも暇ゆえ、ちょいと神谷どのと一杯やろうかと……」

「ははは、しかし、一杯やるには、まだ日が高《たこ》うござるぞ」

「なんの、一献《いっこん》酌み交わすのは夜ときまったわけでは……」

いいさした佐川七郎太が味噌漬豆腐を見て顔をほころばせた。

「お、これは味噌漬豆腐ではござらんか」

「ほう、ご存じでしたか……」

「いや、これは手前の大好物でござる」

そのとき、佐川七郎太の双眸《そうぼう》が縁側で拭き掃除にかかった由紀に釘付《くぎづ》けになった。

「お……ご内儀ですかな」

「い、いや……」

九

「ほおお、あの器量で、湯屋の後家とはなんとも、はや、もったいないかぎりですな」

由紀が帰りぎわに、手ぎわよく短冊《たんざく》にきりわけてくれた味噌漬豆腐と、沢庵を千切りにしたものに煎《い》り胡麻《ごま》をふりかけた酒のつまみに箸をつけながら、佐川七郎太が慨嘆《がいたん》の声を発した。

「それにしても、神谷どのはおなごにようもてる。羨ましいかぎりじゃ」

「なに、いまのは診療してやった患者でしてな。いうなれば医者への付け届けのようなものでござるよ」

「そうかの。見たところでは手をだせば、すぐにも落ちかねん風情でござったが……」

佐川七郎太は味噌漬豆腐を味わいながら、けしからぬことを口にした。

「ま、それはそれとして、男同士で飲むのはいまひとつパッとせん。やはり酌はおなごにかぎりますな」

「しかし、まだ日暮れには間がござろう」

「なんの［あかねや］なら時なしでご開帳しておりもうす」

「ああ、例の佐川どのが、ご執心の美人女将の店ですか」

「いや、お美乃《みの》のほうは柳に風でとんと張り合いがござらんが、近頃住み込みで雇われたお豊《とよ》というおなごが気にいりましてな、せっせと足を運んでおりもうす」

「ほう……」

「いかがかな。よろしければ本所《ほんじょ》まで足をのばしてみませぬか……」

佐川七郎太は獅子鼻《ししばな》の脇に黒子《ほくろ》といういかつい顔に満面の笑みを浮かべて誘いかけた。

どうやら、それが目当てで誘いにきたらしいが、誘われれば断れないのが平蔵の性分である。

後片づけもそこそこに、佐川七郎太と連れだって出かけた。

このところの長雨で道はどこもぬかるんでいるので、二人とも下駄履《ば》きだった。

佐川七郎太は昨年、成宮圭之助の一件で水無月藩から刺客を頼まれて平蔵と刃を合わせることになったものの、ひょんなことから再度巡り会い、たがいに気があった。

その後、平蔵の親友である矢部伝八郎ともども飲み友達になった。

本所の番場町《ばんばちょう》で甲源一刀流《こうげんいっとうりゅう》の町道場をひらいている剣客だが、飾りっ気のない、ざっくばらんな竹を割ったような気性の男だ。

「そうそう、先頃、手前の門弟から耳にしたことですが、手付けに二十両、月に十両の手当で腕のたつ浪人者をかきあつめている侍がいるそうですぞ」

両国橋《りょうごくばし》を渡りながら、七郎太がささやきかけた。

「なんと、手付けに二十両、月に十両とは、また豪勢な……」

「さよう。しかし、うまいはなしには落とし穴があるのが常。門弟たちには、かまえて口車に乗らぬようにもうしておきましたよ」

七郎太、にやりと片目をつむってみせた。

「なにせ、去年のこともござるゆえな」

「さよう……うまい話には河豚《ふぐ》とおなじく毒がある」

「おなごも器量よしほど腹のなかがわからんものです」

「ははぁ、［あかねや］の女将のことですな」

「なにせ、三十路の女盛りで、あれだけの美形にもかかわらず男っ気がまるでないというのは、おおかた身持ちの堅いおなごらしい。わしはそういうおなごは苦手でしてな」

ぼそりとつぶやいた。

「どうせ明日をも知れぬ身ゆえ、所帯をもちたいと迫られても困りもうす」

「なるほど……お豊というおなごのほうが気楽ということでござるな」

「さよう。お豊はその日その日を気の向くままに生きておるようなおなごでしてな。お美乃より器量はちと落ちますが、いたって気さくなおなごでござる」

「よいではござらんか。気さくなおなごが酒の相手には一番ですからな」

「さようさよう……」

大の男が十七、八の青二才のようなことをほざきながら回向院《えこういん》の脇をぬけて竪《たて》川《かわ》沿いの道に出た。

まだ［あかねや］の軒行灯《のきあんどん》に灯は点《とも》されてはいなかった。

七郎太はまるで我が家のようにガタピシと障子戸を引きあけると、ささ、どうぞと平蔵をうながした。

「ま……佐川さま」

土間で裾をからげ、襷掛けになって雑巾がけをしていた愛嬌《あいきょう》のある丸顔の女がこぼれんばかりに笑みかけた。

あちこちがぽっこりとほどよくふくらんだ、見るからに健《すこ》やかそうな女だった。

「やぁ、お豊坊か。よう働くのう。いや感心感心……」

「もう、いやな！　坊だなんて、あたし、これでもおなごなんですからね」

どうやら、これが佐川七郎太のお気に入りのお豊という女らしい。

お豊はぷっくりした唇を尖らせると、カラコロと下駄を鳴らして駆け寄りざま、ぴしゃりと片手で七郎太の背中をぶった。

「ふふふ、すまぬ、すまぬ。あまりかわゆいゆえ、つい口がすべったまでよ」

「あら、かわゆいだなんて、あたしをいくつだと思ってらっしゃるんですか」

「わかった、わかった。そういじめるな」

お豊というおなごの腰に手をまわした佐川七郎太のいかつい角顔が一変し、むちりとした臀をつるりと撫でた。

――なるほど角顔の佐川どのに、丸顔のお豊か……これは、似合《にお》うておる。

そこへ奥から女将のお美乃と板前の治助《じすけ》が顔を出した。

「よう、女将。今日はめずらしいおひとを連れてきたぞ」

七郎太が平蔵の肩をつかんで、お美乃のほうにおしやった。

「あら、神谷さま……」

「やぁ、覚えていてくれたか」

「ええ、それは、もう……」

七郎太がニヤリと片目をつむってみせた。

「神谷どの。この女将はどうやら貴公に岡惚れしたらしくてな。貴公を連れてくればこれまでのツケは棒引きにしてくれるというておる。な、女将」

「もう、いやな……神谷さまの前で、なんてことおっしゃるんですか」

お美乃がピシャリとひとつ、七郎太の背中をぶって睨んだ。

「ほら、神谷さまが困ってらっしゃるじゃありませんか……」

すっと平蔵にすりより袂《たもと》の下から腕をかいこんだ。

「でも、あれっきり鼬《いたち》の道だなんて、ほんとに冷たいおひと……」

「う、うむ……」

「ふふ、でも、忘れずによく来てくださいましたわ」

お美乃はしなやかな指を平蔵の指にそっとからめてきた。

どうやら長い夜になりそうな雲行きだった。

十

平蔵は「あかねや」の土間の奥にある、お美乃の居間で、お美乃が格子窓の敷居に背をあずけながら爪弾《つまび》いている三味線《しゃみせん》の音を聞いていた。

佐川七郎太は酔いつぶれてしまい、部屋の片隅でお豊の肩をかかえこんだまま鼾《いびき》をかいて熟睡している。

お豊は七郎太にかけてやった掻巻《かいまき》にいっしょにくるまり、七郎太の厚い胸に頬をすりよせて眠っていた。

お豊の矢絣《やがすり》の着物の裾がめくれあがり、白い脛が七郎太の毛脛にからみついている。

すこしも淫らな感じはせず、むしろ、ほほえましい気がした。

お美乃が三味線をおいて、平蔵の肩に掻巻をかけてくれた。

「しばらく、おやすみなさいましな……外はやらずの雨ですもの」

「やらずの雨、か……」

「ええ、おもうおひとには思われず……」

お美乃はくすっと忍び笑いをもらすと三味線を手にし、掻巻をかけた平蔵の背中にもたれて爪弾きながら小唄を口ずさんだ。

～待ちわびて
　寝るともなしにまどろみし
　枕にかよう鐘の音も
　夢かうつつか　うつつが夢か
　覚めて涙の袖たもと
　あれ村雨が降るわいな……

しんみりとしていて、よく透る、澄んだ声だった。

この奥の間はお美乃の居間らしく、簞笥《たんす》のうえには人形《にんぎょう》が飾られていて、部屋の隅には姫鏡台が置かれている。

衣紋掛けに女物の着物が吊るされていて、下の乱れ箱には何本かの帯がきちんと畳んでおかれていた。

鏡台の上には白粉刷毛《おしろいばけ》や口紅の筆と皿が鎮座していた。

行灯の淡い灯りが、お美乃の白いうなじや、横顔をほのかに浮かびあがらせている。

なんともいえず侘《わび》しげな横顔だった。

どうやら、お美乃も、雪乃とおなじように女ひとりで、この「あかねや」を営みながら生きているらしい。

女がひとりで生きていく孤独が平蔵の胸にしみいった。

いつの間にか、お美乃は三味線をかたわらにおき、窓の敷居にもたれてまどろみはじめている。

お美乃は雪乃が浮世絵の一枚絵に描きたくなるようなあだっぽく、なんとも放恣な肢体をしていた。

女盛りの肌の匂いとともに、濃密な脂粉《しふん》の香りが平蔵の鼻腔をくすぐった。

このところ、孤閨《こけい》がつづいている平蔵には抗《あらが》いがたい蠱惑《こわく》だった。

酔った男の情念をいやがうえにもそそる。

——いかん……。

濃密な脂粉の香りが平蔵の情念に冷水をかけた。

平蔵はいつのころからか脂粉の香りを避けるようになっていた。

若いころは親友の矢部伝八郎とともに花街にせっせと足を運び、脂粉の香りに酔いしれた。

だが、縫は江戸にいたころは素顔のままで通していたし、文乃も口に薄く紅をはいているくらいのものだった。

波津も、篠も、ささやかながら杯事《さかずきごと》をしたときだけは薄化粧をしたが、床にはいる前に洗い落として素顔にもどっていた。

地肌が白く、白粉や紅などつけなくてもよいという気持ちだったかも知れないが、およそ武家育ちの女は濃い化粧はしないような気がする。

平蔵も健やかな素肌の匂いのほうが好もしく感じる口だった。

しかし、お美乃は水商売の女だけに襟足《えりあし》から胸前まで白粉を塗り、口紅も差している。

その濃密な香料の匂いが、平蔵の情念を逆に静めたようだった。

平蔵は壁に立てかけてあったソボロ助広を手にして、ゆっくりと腰をあげた。

「あら、お帰りになるんですの……」

お美乃が目をさまし、平蔵の腕を急いでかいこんだ。

「だんまりで置いてけ堀だなんて、憎いおひと……」

「ま、そういうな」

助広を腰に差しながら、佐川七郎太のほうを顎《あご》でしゃくった。

「佐川どのをよろしく頼むぞ」

履いてきた下駄を突っかけると、巾着《きんちゃく》から二分銀をつまみだして、お美乃に渡した。

「すくないが、とっておいてくれ」

「いいんですよ。今夜はわたしの奢《おご》り……」

「じゃ、それで、あんたの簪《かんざし》か櫛《くし》でも買うがいい」

「ま、うれしいこと……」

「また、近いうちにくるからな」

お美乃に送りだされ「あかねや」を出た。

外は小雨が降っていた。

お美乃が貸してくれた女物の塗り傘をさしたが、雨音もしない霧雨だった。

振り返ると、お美乃が霧雨のなかで、ひっそりと佇《たたず》んで見送っているのが見えた。

お美乃の夜目にも白い細面《ほそおもて》の顔がなんとも寂しげだった。

平蔵も家に帰ったところで、待っているものはだれもいるわけではない。

しかし、ここで［あかねや］にもどれば深間にはまるような気がした。

お美乃はそれだけの蠱惑に満ちた女だった。濃密な脂粉の匂いに顔を埋めて、一夜を過ごす誘惑に駆られた。

かつての平蔵なら、迷うことなくそうしたにちがいない。

だが、お美乃はそれだけですませられる女ではなかった。

お美乃には水商売の女らしからぬ一途《いちず》なものを感じる。

それは縫や文乃とはまたちがうたぐいのものだった。

縫も、文乃も一途なところがあったが、あの二人には戻るべき居場所があった。

波津も、また、戻るべきたしかな場所に戻っていった。

お美乃にはそんなものはない。

一度、深間になったら、地獄の果てまでもついてくる女のような予感がする。

平蔵は去るものは追わずという男で、縫も文乃も、波津も去るにまかせた。

男と女を繋ぐ糸がよじれたら、それまでの縁と思い、未練はひきずらない。

もともとが、糸の切れた凧《たこ》のような風来坊である。

そんな平蔵の気質にもっとも合っているのは女忍のおもんぐらいのものだろう。

おもんは何ひとつ、平蔵に強《し》いることはない女である。

篠にしても、これから先、どう変わるかはわからない。

平蔵が角をまがるまで、お美乃は店の前に佇んでいた。

第五章　難　剣

一

平蔵は借りてきた塗り傘をさし、霧雨に煙る両国橋を千鳥足《ちどりあし》で渡り、右に折れて柳橋《やなぎばし》を渡ったところで夜鷹《よたか》に声をかけられた。

「旦那《だんな》、お銭《あし》はいくらでもいいから遊んでくださいな。お願い……」

おきまりの手拭《てぬぐ》いをかぶった顔がすがりつくように訴えかけた。

「今朝からおまんまを食べてないんですよ」

地味な色の着物の袖《そで》から白い手首をのばして平蔵の手首をつかんでいる。

「あたしの長屋、すぐそこなんです。だれもいませんから、朝まで好きにしてくださっていいんです。行水つかってきましたから、まだ汚れてはいませんわ」

夜鷹にはめずらしく、すれっからしの感じはしなかった。

まだ、二十五、六の女盛り、夜鷹にはめずらしく白粉《おしろい》も口紅も差していないのに気がついた。

——まだ、汚れてはいません……。

というのが、なんともいじらしく、ひたむきさを覚えた。

女は鼠色《ねずみいろ》の味噌《みそ》漉縞《こしじま》の小袖に藍色《あいいろ》の帯を締めて、素足に下駄を突っかけている。

髪は島田《しまだ》に結いあげ、黄楊《つげ》の櫛《くし》を差していたが、夜鷹にしては、おきまりの茣蓙《ござ》はかかえていなかった。

長屋に誘うということは、独り者だということらしい。

しかも、こんな空模様で客をひきに出てきたのはよほど切羽《せっぱ》つまってのことだろう。

——今朝から、おまんまを食べてないんですよ……。

という言葉にも、妙に切迫感があった。

すこし先にポツンと屋台の立ち食い蕎麦《そば》の赤提灯《あかちょうちん》が見えた。

「おい。遊んではやれないが、蕎麦ぐらいなら奢《おご》ってやってもいいぞ」

「え……」

「おれも、ちょうど腹が北山《きたやま》だ。熱い蕎麦を食ったら躰がぬくもるぞ」

顎《あご》をしゃくって歩きだすと、夜鷹はしばらくためらっていたが、頭にかけた手拭いをはずし、おずおずとついてきた。

屋台の屋根の下に顔をつっこんで掛け蕎麦をふたつ頼んだ。

菅笠《すげがさ》をかぶった蕎麦屋の爺さんはけげんそうな顔で二人に目をやったが、なんにもいわずに丼《どんぶり》を二つ出して、蕎麦玉を鍋で湯がきはじめた。

夜鷹がひっそりと平蔵の陰にかくれながら寄り添ってきた。

遠慮して屋台の屋根庇《やねびさし》の外に佇《たたず》んでいる。

霧雨が女の髪をしめらせている。

傘をさしかけてやると、すみません、旦那、と消え入るような声で礼をいった。

細面《ほそおもて》で目鼻立ちはきついが、姿のいい女だった。

「亭主はいないのか」

「え、ええ。ややができたとたんに女つくって逃げちゃいました……」

女は自嘲《じちょう》の笑みをうかべた。

「ハナからそういう男だとわかってたんですけれどね。つい、ひとり暮らしの先行きが心細くて、所帯をもってしまったあたしがバカだったんですよ……」

「その子はいくつになるんだ」

「五つ……」

「名はなんという」

「え……は、はい。太一《たいち》です」

「ほう、男の子か」

平蔵はうなずいて、目を細めた。

「可愛い盛りだな」

「ええ、それは、もう……」

女は子のことを思い出したのか、ふっと眉を曇らせた。

「おまえが留守のあいだは面倒を見てくれているひとがいるのか」

「え、ええ、すぐ近くに叔母《おば》が住んでいますから……」

「そうか、ならよいが……」

待つほどもなく、アツアツの掛け蕎麦の丼が差し出された。

「おまえから先に食うといい」

「え……」

「朝から食ってないんだろう。おれが傘をさしかけていてやる」

「ほんとに、いいんですか」

「蕎麦が冷めるぞ」

女はすこしためらったものの、空腹には勝てなかったらしい。

「じゃ、遠慮なくいただきます」

女は殊勝《しゅしょう》にも、ちゃんと両手をあわせてから丼を手にすると、しゃがみこんで、むさぼるように蕎麦を手繰《たぐ》りはじめた。

「おやじ、もう一杯、このひとにつくってやってくれ」

「へい……」

女が丼を手にしたまま、驚いたように目を瞠《みは》った。

「旦那さん……」

「なに、あんたのためじゃない。あんたがくたばったら、子供も生きられないだろうが」

平蔵は自分の蕎麦を瞬《また》く間に平らげると、巾着《きんちゃく》から一分銀をふたつ、つまみだして手をのばし、女の帯の下に挟んでやった。

「いけませんよ、旦那さん……こんな大金」

「気にするな。それだけあれば半月はしのげるだろう。そのあいだにもうすこしましな働き口を見つけろ。子供のためにも、早いところこんな稼業から足を洗って、昼間の働き口を探すことだな」

「あかねや」から借りてきたばかりの上物《じょうもの》の塗り傘を女の手におしつけた。

「こいつは女物の傘だから、おまえのほうが似合うだろう」

「でも、こんな、もったいない……」

「なに、いらなきゃ古傘買いに売るといい。上物だから百文や二百文ぐらいにはなるだろう。とにかく、今夜は風邪をひかぬうちに坊主のところに帰ってやることだ」

日頃の平蔵らしからぬ、もっともらしい口をきいてから、足早に屋台をあとにした。

身重の篠と、子持ちの夜鷹を重ねあわせたわけでもないが、女に夜鷹には不似合いな、つつましさを感じたからでもある。

それに間もなく自分も子持ちになるという気持ちが頭の隅のどこかでちらついたからかも知れない。

とはいえ、なんのことはない、今日、由紀からもらった二分銀も、「あかねや」に飲み代として気前よく置いてきた金と、夜鷹にくれてやった金で足が出てしまい、巾着がすっからかんになってしまった。

家に帰れば、由紀が炊《た》いてくれた飯が釜にあるものの、明日もそうそう気前のいい患者がくるとはかぎらない。

とはいえ、医者という稼業は担《にな》い売りの小商人《こあきんど》のように外に出向いて客に売り込むというわけにはいかない不自由な商売である。

しかも、ほかの医者のように法外な金をとる気にもなれないし、ツケがたまっているからといって、催促する気にもなれない。

どうやら平蔵は金というものには縁がないように生まれついてきたようだ。

二

いつの間にか霧雨が、小雨に変わった。

平蔵は着流しの裾《すそ》をからげ、鳥越橋《とりごえばし》を渡り、御蔵前《おくらまえ》の大通りを森田町《もりたちょう》の角で左に折れ、幽霊橋《ゆうれいばし》の手前を右に曲がった。

ここからは新堀に沿って行くと東本願寺までは一本道である。

右側に浄念寺《じょうねんじ》、厳念寺《ごんねんじ》、善照寺《ぜんしょうじ》、心月院《しんげついん》、龍寶寺《りゅうほうじ》と連なる寺町にさしかかったときである。

すこし前から、ひたひたとあとをついてくる足音に気がついていた。

傘をさしてはいないようだが、そこに明らかな意図がひそんでいると確信した。

この時刻、ほかに人影はない。

しかも尾行してくる足音は一人だけではなく、三人だった。

追いはぎや辻斬《つじぎ》りのたぐいではないことは足音を聞けばわかる。

追いはぎや辻斬りは尾行などせず、だしぬけに襲ってくるものだ。

――刺客か……。

ひたひたと押し寄せてくる殺気が、並のものではなかった。

刺客に狙われるおぼえはなかったが、平蔵は素早く下駄を脱ぎ捨てると、研ぎあがったばかりの助広の柄《つか》に手をかけて立ち止まった。

それに反応して、ついてきた足音もピタリと止まった。

平蔵は静かに刀の鯉口《こいぐち》を切って、ゆっくりと振り向くと咎《とが》めるように誰何《すいか》した。

「尾行とは穏やかではないな。それがしに何か含むところあってのことか」

三人の尾行者のなかから、一人が刀の鞘《さや》に手をかけて前に出た。

月代《さかやき》を青々と剃《そ》り上げ、侍髷《さむらいまげ》にし、三つ紋つきの羽織に熨斗目《のしめ》のついた仙台平《せんだいひら》の袴《はかま》をつけている。

羽織の三つ紋は滅多に見ない、珍しい鬼牡丹《おにぼたん》だった。

「念のために聞くが、きさまは神谷平蔵とやらもうす男にまちがいないな」

鬼牡丹がひんやりとした声で問い掛けてきたところをみると、どうやら向こうも平蔵は初見らしい。

「さよう。……いかにも、それがしは神谷平蔵だが、そこもととは初対面。なんの意趣、遺恨も受けるおぼえはござらんが」

一応、確かめてはみたものの、吹きつけてくるのは明らかな殺意だった。

「そっちにはなくても、こっちにはある」

鬼牡丹が冷笑した。

「それがしは、過日、水無月藩から脱藩した成宮圭之助の討っ手を仰《おお》せつかった鉢谷甚之介の義弟、真柄源之丞じゃ」

そういうなり、問答無用といわんばかりに素早く腰の刃《やいば》を抜きはなった。

「義理の仲とはいえ、鉢谷甚之介の無念、それがしが晴らしてくれる」

「なるほど、そういうことか……」

鉢谷甚之介は討っ手を藩から命じられ、藩命をうけて深川十万坪《じゅうまんつぼ》で成宮圭之助に一騎打ちを挑んだ剣士だった。

平蔵は成宮圭之助の助太刀《すけだち》を買って出たわけではなく、むしろ、二人に正々堂々の立ち合いをさせるため剣友の矢部伝八郎と二人で見届けようと出向いただけのことだ。

成宮圭之助は許婚《いいなずけ》の由乃との婚儀を直前にして、色好みの藩主の横恋慕で許婚を上意の名目で召し出されようとしたのに背いて、由乃とともに脱藩のうえ駆け落ちという非常手段を駆使した男である。

藩の追っ手をかいくぐり、ようやく江戸にのがれたものの、暮らしの金に困り、腰の物を売り払い糊口《ここう》を凌《しの》ごうとした矢先、藩の刺客に襲われたところを、通りかかった平蔵と矢部伝八郎に助けられた。

いまは由乃の父の知己である下谷禅念寺《ぜんねんじ》の宗源禅師《そうげんぜんじ》の口利きで黒豆と串団子《くしだんご》の小店《こだな》をひらいて平穏に暮らしている。

武家を捨て、しがない江戸の小商人で生きていこうという二人の心意気に感じた平蔵は、あえて成宮圭之助の後ろ盾《うしろだて》になることを買ってでたのである。

平蔵が鉢谷甚之介と刃をあわせたわけではなかったが、親友の伝八郎とともに成宮圭之助を助けることになったのは事実だった。

真柄源之丞にはいささかも含むところはないが、向こうが平蔵を仇討《かたきう》ちの相手の一人とみて挑んでくるとあれば、剣士として受けて立つしかなかった。

三

平蔵も腰の助広を静かに抜きはなって、真柄源之丞と対峙《たいじ》した。

「つまりは義兄の仇討ちということだな」

「連れの者は見届け役ゆえ、かまえて手出しはさせぬ」

そういって真柄源之丞は手早く羽織を脱ぎ捨てると、鋒《きっさき》をぐいと右上段にかまえた。

「よかろう。いささか筋違いともいえるが、貴殿が遺恨ありともうされるなら受けるしかあるまい」

平蔵はゆっくりと鋒を右下段にかまえた。

真柄源之丞は連れの者に手出しはさせぬといってはいるものの、すでに連れの二人も刃を抜き、左右に分かれて平蔵を挟撃《きょうげき》しようとしている。

しかも、二人からは凄《すさ》まじい殺気がひしひしと伝わってくる。

口上は仇討ちだが、平蔵にしてみれば筋違いもはなはだしい。

成宮圭之助ならともかく、平蔵と伝八郎は水無月藩が差し向けた刺客たちを阻止し、二人の一騎打ちに邪魔がはいらぬようにしたまでだった。

しかし、真柄源之丞はなにがなんでも平蔵を仕留めようと、助っ人を従えてきたのだ。

その助っ人も藩命を受けてやむをえず駆り出されてきた藩士ではなく、二人とも人斬りには手馴《てな》れた遣《つか》い手らしい。

ことに右側の髭面《ひげづら》の浪人者は見た目は痩せてはいるが、上背があり、構えにも侮《あなど》りがたいものがある。

平蔵の利き手のほうに躰を移動しつつ、右下段に構えをとっている。

そして、左側にまわりこんだ浪人者は平蔵の退路を断つつもりらしい。

真柄源之丞は冷ややかな双眸《そうぼう》を向けた。

「きさま、鐘捲流を遣うそうだな。佐治一竿斎の高弟だと聞いた。どれほどの腕前か見せてもらおうか」

義兄の鉢谷甚之介は見るからに剣士という精悍《せいかん》な風貌だったが、血筋がちがうせいか、義弟の真柄源之丞のほうは眉目《びもく》も秀麗で、色白の、なかなかの美男子だった。

おそらく水無月藩でも家格の高い役持ちの上士の家柄が出自のようだ。

しかも、真柄源之丞はよほど剣の研鑽をつんできた男らしく、右上段に構えた鋒は微動だにせず、足の送りには寸分の隙もない。

長年の剣友である無外流の剣客・井手甚内も、稽古《けいこ》のとき、よく右上段に構える。

甚内の師の辻月丹《つじげつたん》が好んで取る構えだと聞いたことがある。

「おぬし、無外流だな……」

「それがどうした。おれには流派などどうでもよい。ただ、気にくわんやつは斬る。それだけよ」

ふいに真柄源之丞は上段の構えから、すっと鋒を右下段に落とした。

無造作に見えた剣の動きには予測できない不気味な気配が漂っている。

――こやつ、ただ者ではないな……。

平蔵は剣を青眼《せいがん》に構えなおし、素早く真柄源之丞と正対した。

そのあいだに右側にまわりこんだ髭面の浪人者も、するすると背後に立って退路を遮断しにかかった。

「石丸孫助！　義によって真柄どのの助太刀いたす」

髭面の浪人者は名乗りをあげると、平蔵を挟撃するように青眼に構えて立ちふさがった。

左側の浪人者は石丸孫助より、腕は劣ると見たが、無視するわけにはいかない。

しかも、酒の酔いがまださめきってはいないのは自分でもわかる。

――いい気になって飲み過ぎたツケがまわったか……。

酒の酔いは斬り合いの支障になるのはいうまでもないが、反射神経はもちろんのこと、筋肉の働きも格段に落ちる。

かつ、今夜はふだんよりいささか飲み過ぎたのは十二分に自覚している。

だとすれば、斬り合いが長引けば長引くほど不利になるのが目にみえていた。

平蔵は対峙している真柄源之丞に立ち向かうと見せかけて、刃を反転し、左側の浪人者に瞬速の袈裟《けさ》懸《が》けをふるった。

予期していなかったらしく、刃が浪人者の肩口を存分にとらえた。

「うっ……」

浪人者ががくりと膝を折ったのを見て、真柄源之丞が平蔵に斬りつけてきた。

とっさに刃で跳ね返した瞬間、真柄源之丞が下段から跳ね上げるような剣を遣った。

平蔵は躰を捻《ひね》って、辛《から》くも躱《かわ》したが、真柄源之丞の剣は、平蔵の剣を巻き込みながらも粘りついて離れようとしない。

平蔵は鍔迫《つばぜ》り合いに持ち込み、ぐいぐいと躰を寄せていった。

真柄源之丞はじりじりと後退しながらも、粘っこい引き足を見せておいてから、一転して躰をひらきざま、下段から瞬速の剣を斬りあげてきた。

ひと癖も、ふた癖もある難剣だった。

平蔵は右八双《みぎはっそう》の構えから、とっさに下段からすくいあげる剣を遣った。

鋒が真柄源之丞の左腕を掠《かす》め、首をよじろうとした真柄源之丞の頬を下から斬りあげた。

血しぶきが真柄源之丞の端整な顔を真っ赤に染めたが、真柄源之丞は怯《ひる》むことなく剣を下からすくいあげてきた。

平蔵は間一髪、その刃を払ったが、真柄源之丞の片手殴りの鋒が平蔵の左の脇腹を鋭く掠めた。

「うっ!」

斬り裂かれた着物の脇腹にじわりと血が滲《にじ》むのを感じたときである。

ふいに疾風《はやて》のように飛びこんできたひとりの侍が、平蔵を庇《かば》うようにして背後の髭面に立ち向かった。

「神谷どの！　手前、小鹿小平太ともうす。ご助勢つかまつりますぞ」

「かたじけない」

突然、乱入してきた小鹿小平太に真柄源之丞が怒号した。

「きさま！　何者だっ」

「黙れっ！　三人がかりで徒党を組んで狼藉《ろうぜき》をはたらく不逞《ふてい》の輩《やから》ども、武士として見過ごすわけにはいかぬわ」

たたきつけるように叱咤《しった》すると、小鹿小平太と名乗った侍は俊敏に真柄源之丞に立ち向かい、刀を青眼に構えた。

中肉中背で、見るからに引き締まった筋肉をしている。

「こやつ、いらざる邪魔だてすな！」

髭面の浪人者が怒号した。

「わしは石丸孫助ともうすが、友誼《ゆうぎ》によって真柄源之丞どのの助太刀をいたす！　こやつはわしが引きうけたっ」

痩せぎすながら上背のある躰から唸《うな》るような剛剣を小鹿小平太にたたきつけてきた。

どうやら居合いの心得があるらしい瞬速の剣であった。

その剛剣を間一髪、鍔元でうけた小鹿小平太は、臆することなく鍔迫り合いにもちこんだ末、ぐいと跳ね返しざま躰を捻って低い体勢から踏み込むと、馬庭念流が得意とする瞬速の突きを繰り出した。

「うっ……」

石丸孫助はとっさにのけぞりつつ小鹿小平太の突きをかわしたが、小平太の鋒は鋭く右腕の皮肉を削《けず》りとった。

「うぬっ！」

石丸孫助はたまらず後ろに飛びすさり、右腕を庇いながらよろめいた。

そのとき、心月院の大屋根をましらのごとく走りながら、おもんが真柄源之丞と髭面に向かって、立てつづけに投げ爪を飛ばすのが見えた。

「な、なにやつ！」

頬を鮮血で染めた真柄源之丞が、飛来した投げ爪を間一髪、払い落として怒号した。

「飛び道具とは卑怯《ひきよう》なっ……」

真柄源之丞は刃をふるい、飛来してくる投げ爪を払いのけた。

東側に黒々と聳《そび》える龍寶寺の大屋根からは、小笹が真柄源之丞に向かって投げ爪を浴びせている。

真柄源之丞は投げ爪を刃で払いおとしつつ、石丸孫助とともに寺町の土塀沿いに闇のなかに消えていった。

小鹿小平太が平蔵のもとに駆け寄った。

「大事ござらんか」

「ご助勢かたじけない。なんの、掠り傷でござる」

「しかし、危ういところでしたな」

小鹿小平太は刀を鞘に納めると、人なつこい笑顔を平蔵に向けた。

「いや、かたじけない。ご助勢がなかったら、いまごろはどうなっていたかわからん」

平蔵は刀を鞘におさめ、問い掛けた。

「ところで、お手前はおもんとはどういうかかわりの御方かな」

「いや、ただの用心棒でござるよ」

「用心棒……」

「さよう。文無しの腹ぺこでうろついておったところをおもんどのに拾われましてな」

小鹿小平太は人なつっこい笑顔になって、ぴしゃりと頰をひっぱたいた。

「武士は食わねど高楊枝《たかようじ》などともうすのは負け犬の痩せ我慢でござるな。なにせ、食いものと寝るところがなければ侍も物乞いと同然。さりとて実際に物乞いもできず、始末にわるいものでござるよ」

なんとも、あっけらかんとした男だったが、あの石丸孫助とかいう髭面の浪人者の刃をかわしざまの瞬速の突きは並の遣い手とは思えない鋭いものがあった。

そこに、おもんと小笹が駆け寄ってきた。

「手傷を負われましたな」

素早く平蔵の脇腹の傷をあらためた。

「浅手ですが、場所が場所だけに化膿《かのう》させては命にもかかわりましょう。すぐに手当てをせずばなりませぬな。小平太どの、平蔵さまをおぶって宿までお連れしてください」

「かしこまった」

小鹿小平太がすぐさま腰を落とし、幅広い背中を向けた。

「さ、神谷どの」

「いや、ご助勢をおうけするほどのことではござらん」

「なんの、遠慮はご無用……」

小鹿小平太は委細かまわず平蔵の腕をつかんで手繰りこんだ。

四

——四半刻（三十分）後。

平蔵は元鳥越町《もととりごえちよう》の鳥越明神《みようじん》に隣接した茶店の中庭の土蔵の二階で、下帯《したおび》ひとつになったまま、脇腹の刀創の手当てを受けていた。

刀創は二寸余、鋒があと五分深かったら腸《はらわた》に届くところだったという。

一足先に走った小笹が連れてきた医者は刀創の治療に手馴れていて、戸板に平蔵を縛りつけるよう指示してから、てきぱきと焼酎《しようちゆう》で傷口を洗い、化膿止めの膏薬《こうやく》を塗ると、二針縫って、晒《さら》しの布を巻きつけた。

縫合は平蔵よりも手際がよく、またたくうちに処置を終えた。

寝返りを打つと傷口がひらきかねないといって、平蔵は戸板に腰と胸を縛りつけられたままにされた。

「よろしいかな。傷口が癒着《ゆちやく》するまでは尿意を催されたら溲瓶《しびん》で用を足しなされ」

福井町《ふくいちよう》で長年、外料医《がいりようい》（外科医）をしている永井東庵《ながいとうあん》という六十近い医師は痛み止めと眠剤を投薬し、小笹に送られて帰っていった。

「溲瓶か……」

平蔵はげんなりしたが、おもんはこともなげに笑った。

「ご心配はいりませぬ。わたくしがそばにおりますゆえ、いつでも声をおかけくださいまし……」

「う、ううむ……」

「まさか小笹や、小平太どのにまかせるわけにはまいりますまい」

おもんはくすっと笑った。

「まぁ、な……」

「平蔵さまとは、かれこれ七、八年……いまさら遠慮はご無用でございましょう」

おもんは顔を寄せて、笑みかけた。

「下には小平太どのと小笹がおりますゆえ、ご安心なされませ」

早くも眠剤がきいてきたらしく、平蔵は瞼《まぶた》が急に重くなってきた。

戸板の上で大の字になりながら、吸い込まれるように深い眠りに落ちていった。

五

あやめもわかぬ漆黒《しっこく》の闇のなかで、平蔵はもがきつづけていた。

ここが、どこかも、おのれが生きているのか、死んでいるのかもわからなかった。

凍えるような寒さと悪寒に襲われながら、必死でもがいた。

だが、腕も足も、おのれのおもうようにはならず、前にもすすまず、上にも浮上することはできない。

まるで底なし沼の暗黒のなかにはまりこんでしまっているようだった。

やがて、疲れきって、どうにでもなれと投げやりになってしまった。

そんなとき、ふいに、このうえもなく柔らかく、温かいものにつつまれて、平蔵は無我夢中でその温かく、やわらかなものにしがみついた。

しばらくするうち、悪寒はおさまり、寒気も感じなくなってきた。

闇のなかから一筋の光がさしこんで、それが、やがて眩《まぶ》しいほどの陽光となった。

全身が汗でしとどに濡れている。

だれかが、汗みずくの全身をひしと抱きしめてくれていた。

重い瞼をこじあけると、ちかぢかと顔を寄せてのぞきこんでいる女の顔がおぼろげながら見えてきた。

「おもん……」

「ようやくお目覚めになりましたね」

見れば、おもんは一糸《いっし》まとわぬ裸身で平蔵を抱きしめてくれていた。

しなやかな腕で平蔵をかきいだき、鞭《むち》のような足を平蔵の腰に巻きつけている。

乳房は平蔵の胸でひしゃげて、なめらかな腹は平蔵の腹に隙間もなく密着させていた。

むろん平蔵の一物《いちもつ》はおもんの股間に挟みこまれていたが、怒張するどころかだらしなくもくたばったまま、しおたれている。

全身は噴き出す汗でぐしょ濡れになっていた。

「あらあら、大変な汗……」

おもんはやおら身を起こすと、手早く着物を身にまといつけ、乾いた手拭いを手にとって、平蔵の全身をくまなく拭いながら、いたわるように笑みかけた。

おもんの背後にある納戸の小窓から、陽光が明るくさしこんでくる。

「よう、お休みになっておりましたこと……そのおかげで熱もどうやら平熱にさがったようですよ」

おもんは手拭いをかたわらの手桶《ておけ》のなかの湯に浸すと、堅く絞って、平蔵の脇の下から下半身にかけて丹念に拭いつづけた。

ふと、気がつくと下帯もはずされてしまっている。

「お、おい……」

思わず起き直ろうとしたが、胸と腰を戸板に縛りつけられているため、身動きができなかった。

もがいた途端に脇腹に火のついたような痛みを覚え、眉をしかめた。

「いけませんよ。いまはおとなしくしていてくださらないと、危うく破傷風《はしょうふう》になるところだったんですから……」

「なに……」

「おそらく脇腹の傷口から泥がはいったんだろうと東庵先生がもうされていましたよ」

「東庵先生が……いつ見えられたんだ」

「今朝早く、気になるとおっしゃって往診してくださいましたの」

「ふうむ……いま、どこにおられる」

「ま、いま、何刻だと思ってらっしゃるんです。おっつけ申《さる》の刻（午後四時）になるんですもの。とうにお帰りになりましたわ」

「なに、もう、そんなになるのか」

「ええ、うわごとをいったり、大鼾《おおいびき》をかいたりなすって、添い寝していてもおちおち寝ていられませんでしたわ」

「ずっと添い寝してくれていたのか」

「だって、いくら夜具をおかけしても寒いらしくて、がたがた身震いなすっていらしたんですよ。わたくしの肌身で温めてあげるしかありませんでしたわ」

そういいながら、おもんは平蔵の片足をもちあげ、湯で絞った手拭いで、股間から足の指まで入念に拭き清めてくれた。

「あら、ま……」

おもんの指が一物をつまみ、ちぢこまっていた睾丸《こうがん》を拭いはじめると、しおたれていた一物がむくりと帆柱を立てた。

「ふふ、ふ、どうやら坊やがお目覚めになったみたいですよ……このぶんなら、もう、ご心配はいりませぬ」

　おもんはくすっと笑って、指先で一物をピンと弾いた。

「だめですよ。いまは坊やもおとなしくしていらっしゃい」

「ちっ、そう邪険《じゃけん》にするな」

　平蔵は苦笑いしたが、おもんはかまわず鎌首《かまくび》をもたげた一物を綺麗に拭った。

「お小水は溲瓶にとってさしあげましたけれど、ウンチが出るようにならないと本復したとはいえないと、東庵先生がおっしゃっていましたよ……」

　そう、ささやいて、忍び笑いした。

「ふうむ……」

「いつでも、そう、おっしゃってくださいまし、御虎子《おまる》もちゃんと用意してありますからね……」

「やれやれ、まるで、ややこだの」

「あら、ややこのほうがよほど手がかかりませんわ」

　——もはや、なにをか、いわんやだ……。

「でも、よかった……ご無事で」

　ふいに、おもんが腰を折って、平蔵の胸に顔を寄せてきた。

「すまなんだ……」

平蔵は右腕をのばし、おもんのうなじに手をかけた。

「また、おまえに助けられたな」

「もう……なに、おっしゃるんですか」

おもんは顔をあげて、きっと平蔵を睨《にら》みつけた。

「わたくしも平蔵さまには幾たびとなく助けていただいたではありませんか。わたくしに礼など無用のことですわ」

「ふうむ……もしかすると、おれの死に水をとってくれるのは、おまえかも知れぬな」

「よしてくださいな。そうなったら、あたしもいっしょに三途《さんず》の川を渡りますよ」

おもんはさらりとそんなことをいってのけると、ふいに平蔵の胸に熱い頬をおしつけてきた。

おもんとのかかわりは長いが、その間、おもんは何ひとつ平蔵に見返りをもとめてきたことはなかった。

なにひとつ、見返りをもとめない女ほど絆《きずな》は太く、強いものかも知れない。

納戸の窓からさしこむ陽光が目にしみいるように眩しかった。

急に腹がへってきたらしく、ぐううっと腹の虫が鳴った。

「おや、ま……すぐに温かいお粥《かゆ》をさしあげますからね」

「食ってもいいのか」

「ええ、でも、ご飯は明日の朝まではおあずけですよ」

「ふうん……」

「ま、聞き分けのよろしいこと」

おもんはくすっと笑って、階段をとんとんと弾むような足取りでおりていった。

まるで、おもんの虜囚《りょしゅう》になったような気分だった。

――虜囚になるのも、まんざら悪くはなさそうだ……。

まだ眠剤がきいているらしく、瞼が急に重くなってきた。

いずれにしろ、いまは、ここが平蔵の安住の場所であることにはちがいない。

六

――その日の黄昏《たそがれ》どき……。

一人の女が塗り傘を大事そうに胸にかかえながら、柳橋から駒形堂《こまがたどう》にかけての通りを伏し目がちに行き来していた。

化粧っ気のない素顔だったが、なかなかの器量よしだった。ちびた下駄を素足につっかけ、あてどもなく何度も行き来していたが、二本差しの侍の姿を見かけると足をとめて、すがりつくような目を横顔に向ける。

女はおひさといって、先夜、平蔵に声をかけた夜鷹だった。

しかし、黄昏どきに町に出てきたのは、客の袖を引くためではない。

あの夜以来、おひさは夜鷹稼業には一度も出ていなかった。

おひさの住まいは浅草の平右衛門町《へいえもんちょう》の裏長屋である。

いつもは柳橋の川筋から駒形堂のあいだで客を拾い、御蔵河岸の渡し場か、御蔵前横の空き地の草むらで肌身を売る。

夜中過ぎになると住まいに客を連れ帰っていた。

そのため、太一は朝まで叔母の長屋で寝かせてもらっていたのだ。

おひさは浪人者の娘で、本名は尚乃《ひさの》といったが、十七のときに父が病いで亡くなったあと、しばらくは手内職で暮らしていた。

そのうち近くに住んでいた弥市《やいち》という小間物の担い売りの男に口説《くど》かれて、所帯をもったのである。

そのとき、尚乃という漢字名を、おひさと仮名文字に変えたのだ。

一年後、太一を産んだものの、おひさが身籠もっているあいだに弥市は本所に住んでいた水商売の年増《としま》といい仲になり、川越《かわごえ》のほうに逃げてしまった。

赤子の太一を抱えていては手内職だけでは食っていけなくなった。

途方に暮れていたとき、おなじ長屋の夜鷹に誘われるまま身売りするようになったのである。

独り身なら水商売勤めもできるが、乳飲み子を抱えていては夜鷹になるしか道はなかったのだ。

太一が乳離れしてからは転業も考えてみたが、夜鷹は太一が寝ついてからでも稼ぎに出ることができる。

太一が寝ついたあと、おなじ長屋の二軒先に住んでいる叔母のところに預けて、朝までには帰ることができる。

しかし、あの夜、あの侍に太一のためにも夜鷹から足を洗えといわれた言葉が胸に堪《こた》えたのである。

太一がおおきくなれば、母親がなにをして暮らしているかわかるようになるだろう。

それを思うと、肌が粟立《あわだ》つ……。

あの侍がくれた二分の金がなくならないうちに、なんとか昼間の働き口を探そうと決心したのだ。

昼間は桂庵《けいあん》（口入れ屋）を回り、昼間の勤めを探しまわり、夕方になると太一に飯を食べさせたあと、叔母のおもとに太一を預けてから柳橋と駒形堂までの通りを往復している。

客を拾うためではない。

あの侍に会って、夜鷹から足を洗ったことを告げて、礼をいいたかったのだ。

あの侍は着流しで、鳥越橋のほうに去っていったところをみると、住まいは浅草界隈なんだろう。

酔っていたところをみると、この界隈に行きつけの店があるにちがいない。

根気よく探しているうちに、また巡りあえるにちがいないと、一縷《いちる》の希《のぞ》みに縋《すが》っているのだった。

なんといっても、二分といえば、つましく使えばひと月は暮らせる大金である。

それを夜鷹風情にポンとくれるようなおひとは滅多にいるもんじゃない。

二百文、三百文の銭でさえ、すこしでも値切ろうとするし、おひさを抱いたあと、踏み倒して逃げる客だっている世の中である。

それを、蕎麦を二人前、奢ってくれたうえに上物の塗り傘までくれて帰っていった。

叔母に見せると、古物でも一朱や二朱はする傘だという。

——なんとしても、もう一度、逢って礼をいいたい……。

第六章　商人《あきんど》は銭が命

一

浅草諏訪町《すわちよう》に店を構える両替商［相模屋《さがみや》］は暮れ六つ（午後六時）になると店を閉める。

相模屋は四年前から花川戸《はなかわど》で名目金《みようもくきん》の貸しつけも営んでいる。

主人の太兵衛《たへえ》はこの貸付所を営むようになってからは、花川戸の店を住まいにするようになった。

名目金というのは寺や神社が幕府に願い出て金を貸す官許の金融のことである。

ただし、寺の住職や、神社の神主《かんぬし》はこうした商いには苦手なものが多く、商人にまかせて収益をわけあうものが大半だった。

太兵衛は浅草の宗淵寺《そうえんじ》の檀家《だんか》だったことから住職の色好みにつけいって名目金

貸しの許しを取り付け、その代行を引きうけることができたのである。

太兵衛は大坂の両替屋の次男で、商才に長《た》けていたことを見込まれ、跡取りがいなかった相模屋の婿《むこ》に入った。

おなじ両替屋でも、武士の町である江戸と商都の大坂では利益が格段にちがい、大坂の両替屋はあつかう金額も江戸よりは約十倍近くおおきい。

名目金貸しの許しをもらうについては宗淵寺の住職や寺社奉行などへの礼金や接待にはあらゆる手段をつくしたが、それだけの見返りはすでに取り戻すことができた。

名目金は月の利息は礼金といって、筆墨料《ひっぼくりょう》のほかに利子が入る。

また、名目金には素金《すがね》という現金貸しもあるが、地面や屋敷を質にすることもある。

貸し付け期間は四、五ヶ月で百両につき礼金五両、期日に返せないときはその都度、利息と礼金を取られる。

借り手のほとんどは大店《おおだな》の商人か大藩や大身旗本だから、貸し金が取りっぱぐれることは滅多にないし、もし、返金が遅れたときは訴訟になっても役所で貸し主の言い分が通ることになっている。

この花川戸の店も元は回船問屋《かいせんどんや》だったが、持ち船が何艘《なんそう》も嵐にあって沈没し、金繰りにつまった主人から、太兵衛が抵当として手にいれたものである。

通りから隅田川《すみだがわ》までぶちぬきの大店を手にいれた太兵衛は店を改築し、裏手の河岸に土蔵を二棟造った。

これまで蓄えてきた小判や価値のある骨董品《こっとうひん》、大店への貸し付け証文などは蔵に厳重に保管してある。

近頃では諏訪町の店を息子と番頭の喜三郎《きさぶろう》にまかせて、花川戸の店をみずから仕切っている。

喜三郎は暮れ六つになると花川戸の店に出向いて、太兵衛と酒を酌《く》み交わしながら名目金貸しの運営の打ち合わせをしたあと、下男に戸締まりをさせてから自宅に帰る。

喜三郎は十二年前まで、西国の某藩の江戸屋敷で勘定方をしていたが、上司とおりあいが悪く、諍《いさか》いをして浪人した。

江戸屋敷詰めのとき知り合った太兵衛にすすめられて相模屋に奉公し、五年前、番頭におさまった男である。

太兵衛は末の娘を喜三郎に娶《めと》らせている。

喜三郎は勘定方をしていただけに算盤《そろばん》も達者で、客あしらいもいいので、太兵衛は全幅の信頼をおいている。

太兵衛は今年で五十二歳になる。

六年前に妻を亡くしたが、四年前、駒形町の長屋に住んでいた菊江《きくえ》という二十四歳の寡婦《やもめ》を後妻に迎えた。

太兵衛とはふたまわりも年が離れているうえ、太兵衛は猪首《いくび》で将棋《しょうぎ》の駒のようないかつい角顔で、たいがいの女には好かれそうもない容貌をしている。

菊江は浪人者の妻で評判の器量よしだったが、夫を亡くしてからは一人で手内職をしながらほそぼそと暮らしていたような、つましい女だった。

妻が亡くなったとき、葬式の手伝いにきていた菊江の美貌と、立ち居振る舞いの品のよさに目をつけた太兵衛は、菊江が独り身になって間もなく、町の世話役を介して妻に迎えた。

名目金貸しの相手には大藩や旗本もいるし名の知れた大商人もいる。

菊江は茶席の心得もあり、それらの客の相手をそつなくこなしてくれた。菊江のおかげで難しい商談がまとまったことも少なくない。

太兵衛は商い一筋の堅物《かたぶつ》で、たまにはつきあいで花街の女遊びもしていたものの、菊江を妻に迎えてからは白粉臭《おしろい》い遊女には見向きもしなくなった。

後妻にはいった菊江は女中たちも上手に使いこなしたが、商売のことには一切口出しはしないし、どんなに太兵衛が仕事で遅くなっても先に眠ることはない。

寝間の枕元に寝酒の支度をととのえ、きちんと着物を着たまま、茶の間で針仕事をしながら待っているような女だった。

二

——その日。

これまで順風満帆《じゆんぷうまんぱん》だった太兵衛のうえに、突如として思いもよらぬ暗雲がさしかけてきた。

昼過ぎの九つ半（午後一時）ごろ、天王町《てんのうちよう》の料理屋［桔梗亭《ききようてい》］からの使いの者が、客から頼まれたといって一通の文《ふみ》を届けてきた。

一読した太兵衛は眉根に険《けわ》しい皺《しわ》を刻み、しばし沈思黙考していたが、やがて店を手代にまかせて奥に入ると、着替えをすませて一人で店を出て、［桔梗亭］に向かった。

［桔梗亭］は太兵衛が大事な客との商談で使う店である。

出迎えた顔見知りの女将《おかみ》は気遣《きづか》わしげな顔色だった。

「お客さまは離れでお待ちでございますよ」

「お武家さまだそうだね」

「はい。目鼻立ちのととのった、ご身分がある御方のようですが、お供のお侍さまはなにやら怖そうなお顔つきの方で……」

女将は先にたって案内しながら、眉をひそめた。

「ご存じよりの御方ですか」

「いや……」

太兵衛は沈鬱《ちんうつ》な目で、足を運びながら、声をひそめた。

「用談がすむまではだれも離れには近づかないように頼みますよ」

「かしこまりました」

女将は先に立って渡り廊下を踏んで離れに向かうと、障子の前に膝をついて室内に声をかけた。

「お客さまがおつきになりましたが……」

「よし、通せ」

野太い声がして内側から障子が引き開けられ、髭面《ひげづら》の侍が顎《あご》をしゃくってうながした。

「はいっていいぞ」

「は、はい。では失礼いたします」

——なるほど、この面貌では女将が脅えるのも無理はない……。

太兵衛はいかつい面貌の侍を一瞥《いちべつ》して、にわかに緊張が高まった。

「呼び立ててすまなんだ。さ、遠慮はいらん。はいってくれ」

正面に端整な容貌をした侍が脇息《きょうそく》にもたれて、にこやかに太兵衛を見迎えると、鷹揚《おうよう》にうなずき、あたかも太兵衛を品定めするかのような眼差しを向けた。右の頬に一筋の刀傷が走っている。

「は、はい……」

「女将。酒肴《しゅこう》の膳を頼むぞ」

「かしこまりました。すぐにお運びいたします」

女将は気遣うような目で太兵衛にうなずいてみせると、渡り廊下を引き上げていった。

「遠慮せずともよい。わしは水無月藩の先の大殿の使いでまいった者じゃ。大殿からは梵天丸と呼ばれておる」

「は……」

――梵天丸とは、また……。

太兵衛の胸中にふたたび緊張と、いいようのない不安がこみあげてきた。

たしかに水無月藩の前藩主、下野守宗勝には長年にわたって商いのうえで昵懇《じっこん》のつきあいをさせてもらっていた。

しかし、下野守宗勝が公儀のお咎《とが》めを受けて永代蟄居《えいたいちっきょ》の身となってからはぷっつりとつきあいを絶っている。

――その下野守宗勝が、いまになって、なんの用あって……。

太兵衛の胸中に不審と言いしれぬ脅えが頭をもたげてきた。

――もしやすると、あのことが……。

太兵衛は梵天丸とかいうふざけた異名を名乗った侍に、あらためて目を向けた。

侍は絹の上物《じょうもの》の羽織に熨斗目《のしめ》のついた袴《はかま》をつけ、白足袋《しろたび》を履《は》いていた。

羽織には滅多に見かけない［鬼牡丹］の三つ紋が染め抜いてある。

着衣から見て、藩士でも格がうえの上士身分の出自らしい。

「そちは水無月藩の大殿と長年にわたり昵懇にしておったであろう」

侍はのっけから居丈高《いたけだか》な口調で、いきなりそう切り出した。

「はい。たしかに商いのうえで、いろいろと便宜をはかっていただきましたが……」

「そればかりではあるまい。そちは大殿に多額の借りがあることも、よもや忘れてはいまいな」

「は……借りともうされますと」

太兵衛は不吉な予感をおぼえた。

侍は無言で、懐から十数通の文の束をとりだして太兵衛の膝前に突きつけた。

「そちが大殿に送った文じゃ。そちの筆跡にまちがいあるまい」

「…………」

侍は冷ややかな双眸《そうぼう》を太兵衛に向けた。

三

――じょうだんじゃない。あんな他愛もないことで、三千両という大金をおいそれと右から左になど渡せるものかね。

太兵衛は［桔梗亭］を出て、大通りを相模屋のほうに向かいながら、胸中で何度も繰り返した。

――だいたいが、下野守さまも、下野守さまだ……。

まるで年季の明けた女郎の起請文《きしょうもん》みたいな古い紙切れを見せられて、はい、そうですかと三千両もの大金を出す商人《あきんど》がどこにいる。

――商人は銭が命や……。

太兵衛は悪夢をふりはらうかのように胸のなかで吐き捨てた。

だいたいが、あの梵天丸とかいう侍が、果たして下野守宗勝の腹心だというのも怪しいものだ。

ましてや、あの、むさ苦しい髭面の侍は何者だ……。太兵衛の目には、まるで深川あたりに巣くっている食いつめ浪人にしか見えなかった。

むろん、とてものことに水無月藩の禄を食《は》んでいる家臣とは思えなかった。

ただ、不快な思いとは裏腹に、終始、冷ややかな双眸で太兵衛を見据えていた梵天丸という侍が運んでくる、得体の知れない不吉な気配が脳裏にこびりついて離れなかった。

梵天丸は最後まで本名を名乗ろうとはしなかった。

とはいえ、梵天丸が示した下野守宗勝に宛てた文はまぎれもなく、五年前、太兵衛がしたためたものだった。

――あの男はいったいどこで、あの文を手にいれたのだろう。

まさか、下野守宗勝が密書にひとしい文を、あのような得体の知れない侍に渡したとは思えない。

――もしやして、あの男が下野守宗勝の屋敷から盗みだしたものではないか……。

そうとしか考えられなかった。

――だとしたら、なおのこと、三千両などという大金をいいなりに出してたまるものかね……。

四

このところ太兵衛はどんなに夜遅くなっても、寝る前に風呂にゆっくりと入ることにしている。

菊江は女中を先に休ませ、風呂の湯加減をととのえてから、着物の裾《すそ》をからげて襷《たすき》がけになって、いつものように垢《あか》すりのヘチマで太兵衛の背中を丁寧に流してくれている。

背中を流しおえると菊江は足の裏を軽石でこすり、指の股のあいだまで絞った手拭《てぬぐ》いで洗ってくれる。

亡くなった前妻にはなかったことだった。

「こんなことをいっちゃなんだが、亡くなったおまえのご主人はさぞ心残りだったことだろうね」

洗い場の簀《す》の子《こ》にあぐらをかいて、菊江に背中を洗い流してもらいながら太兵衛はしみじみともらした。

「ま、どういうことですの」

「いや、おまえのような、いい女をあとに残して先立つなんぞ、きっと死んでも死にきれなかったろうと思ってな」

「とんでもございませぬ。わたくしの連れ合いは浪人してからは今のご時世を恨みつづけておりましたゆえ、その不満の矛先《ほこさき》をわたくしにぶつけてばかりおりましたもの、それは、もう……」

菊江はいいさして口ごもった。

「おや、これは、わたしとしたことがつまらぬ詮索《せんさく》をしたものだ。忘れておくれ」

ささやきながら太兵衛は腰をよじって向き直り、腕をのばして菊江の腰を双の手で抱きよせると、横抱きにして、あぐらの中にすっぽりと抱えこんだ。

「お、おまえさま……こ、このようなところで」

菊江は慌てて乱れた裾をなおしかけたが、太兵衛に口を吸いつけられると、全身のちからを抜いて太兵衛にすがりついた。

藍微塵《あいみじん》の袷《あわせ》の裾前が割れて、菊江の白い内股がのぞいた。

太兵衛の手が湯気でしめった紅の腰巻をかきわけて菊江の内腿を愛撫しはじめると、菊江はかすかに喘《あえ》ぎながらも二の腕を太兵衛のうなじに巻きつけた。

太兵衛は口を吸いつけつつ、菊江の襟前《えりまえ》に手をさしいれて胸乳《むなぢ》をつかみとった。

子を産んだことのない菊江の乳房はむちりと張りがあり、すこしのゆるみもない。

口を吸いつけられ、舌をからみあわせているあいだに、色づきはじめた茱萸《ぐみ》の実のような乳首は粒だってしこってきた。

菊江は羞じらいながらも、太兵衛のたくましい胸に火照《ほて》った頰をひしとおしあてた。

十六のころから古着の行商で歩きまわっていたという太兵衛の筋肉は五十を越した今も若者に劣らないし、精力も人一倍たくましく、菊枝と婚するまえは花街の娼婦も音《ね》をあげるほどだった。

いっぽう菊江は亡夫との房事はきわめて淡泊なものだったらしく、はじめのうちは太兵衛に身をまかせているだけだった。

しかし、そのうち太兵衛の入念な愛撫に女盛りの官能がめざめてきたらしい。

近頃では太兵衛の愛撫にこたえて喜悦の声をあげるようになってきている。

女という生き物は男の手に鞣《なめ》されれば鞣されるほど淫蕩《いんとう》になれるもののようだ。

ことに菊江にはその素質があるらしく、そこが太兵衛の気にいっている。

商いのうえでも菊江はおおいに役立ってくれている。

太兵衛にとって菊江は、妻というよりも実に使い勝手のいい上物の献上品でもあったのである。

太兵衛は銭が命の商人である。

たとえ妻であろうとも、おなごは利を生む元金のようなもので、しかも、使えば使うほど使い勝手がよくなる生き物でもあった。

前妻は家つき娘だけに、自我も強く、客の接待ひとつできない女だったが、菊江は武家の妻だったにもかかわらず、淫蕩の性《さが》をもった女だということは一目でわかった。

太兵衛は若いころ京坂の花街で遊んで、女という生き物の裏表を熟知していた。品のいい表面とはちがい、男の手で鞣せば鞣すほど磨きがかかる女だと見込んで妻にしたのである。

菊江はその期待に十二分にこたえてくれる女だった。

――まだまだ大事に使わねばな……。

太兵衛はそのまま菊江を横抱きにし、裸のままで風呂場を出ると、廊下を横切って夫婦の寝所に向かった。

十二畳もある寝間にはすでに絹の夜具が敷かれていて、枕元には寝酒の支度がととのえられていた。

枕行灯《まくらあんどん》が淡い灯りを投げかけている。

太兵衛は片足で夜着をはねのけて菊江をおろすと、せわしなく菊江の帯紐《おびひも》をといて白い肌着と赤い腰巻だけにし、そのかたわらに寄り添った。

太兵衛は左手で菊江の乳房を愛撫しつつ右手で肌着の紐を解き、紅絹《もみ》の湯文字《ゆもじ》をゆっくりとはぎとっていった。

淡い枕行灯の灯りに菊江の白い裸身の陰影がほのかにゆらいでいる。

太兵衛は添い寝し、掌で菊江の肌身を愛撫しては満足そうに吐息をついた。

もう三十路《みそじ》近いが、ふたつの臀《しり》は細くくびれた腰からせりだすように盛りあがり、手鞠《てまり》のような弾力にみちみちている。

太兵衛は分厚い唇で乳首を吸いつけながら内腿に指をもぐりこませていった。

菊江はかすかに喘ぎ、喉をそらせて、太兵衛の太い猪首に白く艶《つや》やかな二の腕を巻きしめてきた。

おりしも時の鐘が四つ（午後十時）を打つのが夜のしじまに流れてきた。

五

――草木も眠るという丑三《うしみ》つ時。

大川を川下から北上してきた二隻の荷船が竹町《たけちょう》の渡しにひっそりと止まった。

川岸の杭《くい》に舫《もや》い綱をかけると、船底を覆《おお》っていた莫蓙《ござ》の下にうずくまっていた黒衣の男が十人余、つぎつぎに渡しの船着き場に移ってきた。

黒覆面で顔を隠し、黒装束《くろしょうぞく》に手甲脚絆《てっこうきゃはん》、草鞋履《わらじば》き、いずれも腰には両刀を帯びている。

あたりは寝静まっていて、人影ひとつ見えない。

黒衣の男たちはたちまち［相模屋］の裏の木戸口に忍びよった。

盗賊はおそろしく身軽で、つぎつぎに忍び返しをほどこした板塀を苦もなく乗り越えると、台所の天窓から綱をおろし、物音ひとつたてずに屋内に侵入していった。

一味は、まず、女中部屋と手代や小僧、下男の部屋に向かい、熟睡していた三人の女中ともども匕首《あいくち》を突きつけて目をさまさせ、目隠しと猿轡《さるぐつわ》をかまし、後ろ手に縛りあげた。

［相模屋］の住み込みの使用人は手代と小僧が二人、年寄りの下男と女中が三人で、あとは主人夫婦と息子だけだった。

全員を柱に縛りつけると盗賊の一味は三人を見張りに残し、二手に分かれた。

頭目は一味をひきつれて太兵衛夫婦の寝間に侵入した。

寝間には枕行灯がおかれ、淡い光が寝乱れた太兵衛と菊江のあられもない姿を映しだしていた。

どうやら夫婦は閨事《ねやごと》をすませたあとらしく、寝間着を身にまといつけて抱き合ったままで熟睡している。

頭目とおぼしき黒衣の男が刃《やいば》を手に太兵衛の枕元に片膝ついたとき、太兵衛が寝返りをうって菊江の肩に腕をのばして抱きよせた。

熟睡していた菊江が夢心地で薄目をあけて太兵衛に身をすりよせようとしたとき、枕行灯の淡い火影《ほかげ》に照らされた黒衣の盗賊がほのかに浮かびあがっているのを見た。

「あ……」

菊江は喉の奥から押し殺したような悲鳴をあげ、片手をついて半身を起こしかけた。

白い寝衣の襟前もくずれて、むちりとした乳房があらわになった。

盗賊の一人が素早く菊江の口に猿轡をかけ、後ろ手に縛りあげた。

「よいか、おとなしくしておることだ」

その盗賊は抜き身の大刀でひたひたと菊江の頬を軽くたたいた。

その気配に目をさました太兵衛が仰天《ぎょうてん》して跳ね起きたが、もう一人の盗賊が素早く太兵衛の腕をねじあげて、腕を後ろ手にし、馴《な》れた手つきで縛りあげたものの、猿轡はかけなかった。

「き、菊江……」

太兵衛が妻ににじりよろうとしたとき、背後に佇《たたず》んでいた頭目らしい覆面の男が無造作に太兵衛を蹴りつけた。

「相模屋。悪あがきはせぬことだ」

頭目の黒衣には［鬼牡丹］の三つ紋が染め抜いてある。

「あ、あんたは……」

「いかにも、梵天丸じゃ。昼間は埒《らち》あかなかったゆえ、いま一度、談合しようと思ったまでよ」

「こ、こんなことをしてタダではすみませんぞ」

「むろん、こっちも空手でひきあげるつもりはない」

梵天丸は懐中からつかみだした一通の文をひらひらさせながら、太兵衛の目の前に突きつけた。

「きさまが書いた三千両の預かり証文だ。出るところへ出て、披露《ひろう》してみろ。相模屋がつぶれるばかりか、愛《いと》しい女房を寺社奉行の一夜妻に献上した醜行《しゅうこう》まで天下にさらすことになるが、それでもよいのか」

「う、ううっ……」

太兵衛の顔が血の気を失い、紙のように白くなった。

そばで震えていた菊江も、その一言で衝撃を受け、うちひしがれたように布団のうえに突っ伏した。

「そればかりではないぞ、相模屋。きさまがせっせと坊主や役人どもに賄賂《わいろ》をまいて名目金貸しの許しを手にいれたことはわかっている。ま、それを咎めはせん」

梵天丸は刃の腹でひたひたと太兵衛の頬をたたいた。

「役得で私腹を肥やした役人も役人なら、坊主どもも坊主ども。亭主のために人身御供《ひとみごくう》になった女房を一度ならず弄《もてあそ》んだ寺社奉行も寺社奉行……ま、きさまとはおつかつの恥知らずよ」

猿轡をかけられていた菊江がびくっと顔をあげて、脅えた双眸を梵天丸と太兵衛に振り向けた。

梵天丸はさらに懐中から一枚の紙をつかみだした。

「なに、公儀のお白州《しらす》に出向くまでもなく、この文書を瓦版《かわらばん》に刷りあげて江戸市中に触れ売りすれば、さぞかし、おもしろいことになるだろう」

墨書きにしたためた紙片を太兵衛の鼻先に突きつけた。

「女房を奉行の寝間に献じてまで身代を太らそうとした商人を世間はどう見るか

な」

菊江が布団に顔をおしつけて、しぼりだすように泣きだした。

「どうする、相模屋……それでも三千両は出せぬとあれば、やむをえぬ。この下書きを瓦版屋に渡して、こっちは塒《ねぐら》にもどって高みの見物をきめこむまでだ」

梵天丸は冷ややかな目で太兵衛を見おろした。

「ことわっておくが、われらの塒は町方役人などには手出しできぬところにある」

嘲笑《ちようしよう》するように刃の腹で太兵衛の頬をなぶった。

「わ、わかりました。い、いま、蔵の鍵をお渡しします。三千両はおろか、四千両でも五千両でもさしあげます」

「いや、こっちは三千両返してもらえばよい。なにせ、千両箱は重いからな。運ぶのに一苦労する」

梵天丸はこともなげに冷笑した。

六

太兵衛から金蔵の鍵の在処《ありか》を聞き出した梵天丸は配下の者を数人、蔵に差し向けると、布団のうえに震えながら横座りになっている菊江の前にしゃがみこんだ。

「ほう、あんたが器量よしと評判の女房どのだな。しかも無類の床上手だそうだの」

いきなり手にした刀の鋒《きつさき》で、菊江の白い寝間着を斬《き》り裂いた。

菊江の赤い腰巻の下から白い太腿があらわになった。

「うっ……」

猿轡をかけられていた菊江は、一瞬、びくんと撥ねて腰をくの字によじった。

「なに。怖がることはないぞ。なにも命まで奪おうとはいわぬ。そなたは子を産んだことがないそうだな。子を産まず、床上手なおなごは千金にかえがたいというう」

梵天丸は低い冷笑をもらすと、腕をのばして菊江の両膝をつかみ、強引に左右におしひらいた。

「わしは歓喜天《かんぎてん》の申し子で梵天丸ともうしてな。おなごを歓ばせる供養《くよう》をなによりの楽しみとしておる」

左手をのばした梵天丸は無造作に菊江の足首をつかんで、ぐいと引き寄せた。

「あ……」

たまらず菊江は後ろ手に縛られたまま、足を跳ね上げて仰向けに倒れてしまった。

梵天丸は間髪をいれず、菊江の両足首を引きつけると、双の腿をさらにおしひらいた。

菊江は身をよじって逃れようとしたが、梵天丸は腰をどっしりと据えると、ひたひたと菊江の白い内股をたたきつつ、秘所に目を落とした。

「ううむ。ふくらみも柔らかで、もうしぶんのない上開《じょうつび》と見た。さぞかし、味わいもひとしおのようじゃの」

「ううっ……」

菊江は懸命にもがこうとしたが、梵天丸はあぐらをかいた太腿で菊江の腿をおさえつけ、身じろぎもさせなかった。

「なんともよい眺めじゃ。股ぐらの観音さまが朱色の扉をひらいてご開帳しておるわ」

梵天丸は右手の刃を畳のうえにぐさりと突き立てると、指先をゆっくりと菊江の秘所にもぐりこませた。

菊江は屈辱に耐えかねたように腰をよじって逃れようとしたが、もがけばもがくほど梵天丸の人差し指は深ぶかと侵入していく……。

「や、やめてくれ！　女房に手を出すのだけはやめてくれ……」

太兵衛がしぼりだすような声で哀願した。

「ほう。寺社奉行や、色好みの坊主の一夜妻に素直に差し出した女房でも、やはり可愛いとみえる」

「う、ううっ……」

太兵衛は歯ぎしりして、にじり寄ろうとしたが、盗賊の一人が縄尻をつかんで、ぐいと引き起こすと手早く猿轡をかけてしまった。

そのあいだも梵天丸は容赦なく菊江を嬲《なぶ》りつづけていた。

そのうち菊江の表情がしだいに変貌していった。

双眸をひしと閉じたままで、口をなかばひらきつつ、腰をよじりはじめた。

やがて、目にしみいるような菊江の白い腹がおおきく波をうちはじめた。

ひしと双眸をとじたまま、かすかに呻《うめ》き声をあげはじめた。

「おお、よしよし、それでよい。人も毛物《けもの》の仲間に変わりはない。千代田の城に飼われておる大奥のおなごどもも、長屋住まいのおなごもみなおなじことよ」

梵天丸は嗜虐《しぎゃく》の笑みを口辺にただよわせて嘲笑した。

「男は気が向かねばどうにもならぬが、おなごの躰は男にあわせるようにできておる。なればこそ、見ず知らずの男にでも抱かれるのじゃ。郭《くるわ》のおなごなどは一夜に何人もの男を相手にする」

　梵天丸は皮肉な笑みを浮かべながら、執拗《しつよう》に菊江を嬲りつづけた。

「そちは寺社奉行ばかりか宗淵寺の坊主にも抱かれたそうだの。名目金貸しの許しをもらいたい商人はどんな難題でもきくという。いわば相模屋の身代はそちのおかげで肥え太ったようなものよ」

　菊江の押し殺したような声を耳にしながら、太兵衛は観念の眼をとじていた。

第七章　夜鷹《よたか》の死

一

——その日の朝……。

鳥越明神の脇にある、おもんの隠れ宿の蔵二階で、ようやく床上げするまでに回復した平蔵が、おもんの給仕で小鹿小平太といっしょに朝飯を食っていたとき、小笹が表からもどってきた。

「今朝早く、御蔵河岸の渡し場でおなごの屍体が見つかったそうですよ」

「ま、身投げでもしたのかしら……」

おもんが眉をひそめた。

「いいえ、刀でバッサリ肩口から斬《き》られていたそうです」

「ほう、辻斬りでも出たのかな……」

「物騒な話ですな」

平蔵と小平太が思わず箸《はし》をとめて顔を見合わせた。

「検死にいらっしゃった同心の斧田さまにお聞きしたところ、斬られたのは夜鷹《よたか》だったそうですけれど、おかしなことに身に不釣り合いな上物《じょうもの》の塗り傘をしっかりと抱きしめていたんですって……」

「なにぃ……」

平蔵が険《けわ》しい眼差しになって箸をおいた。

「塗り傘を抱いた夜鷹だと……」

「え、ええ……」

「あの女にちがいない」

そういうなり、平蔵は立ち上がった。

「おもん。出かける支度を頼む」

「わかりました。小笹、平蔵さまのお着物と腰の物をお持ちして……」

おもんは平蔵が脱ぎ捨てた寝間着を受けとりながら尋《たず》ねた。

「ご存じのおなごなのですね」

「うむ。おれが刺客におそわれた夜、飲み屋で借りてきた女物の塗り傘をくれてやった夜鷹にちがいない。名前は知らんが、五つになる子持ちの夜鷹だ」

「ま……」

おもんは小笹が階下から運んできた平蔵の着衣を手際よく着せた。

「小笹。斧田さんは、まだ現場にいるだろうな」

「はい。なにやら険しいお顔で、屍体を見つけた自身番の書役《かきやく》にいろいろと聞きただしていらっしゃいましたから……」

その言葉のおわらないうちに平蔵は階段を駆けおりていった。

「もう、ちょっとよくなったと思ったらあれなんだから、面倒みきれやしないわ」

おもんが呆《あき》れ顔で苦笑した。

「夜鷹というと、安直《あんちょく》に肌身を売るおなごのことだろう」

小鹿小平太が小首をかしげた。

「あら、よくご存じですこと……」

小笹がからかった。

「小鹿さまも夜鷹をお買いになったことがおありなんですか」

「ば、ばかな。お、おれはないが、もしかすると神谷どのは……」

「小鹿さま。平蔵さまはそのようなおひとではありませぬよ」

おもんがぴしゃりときめつけたのを見て、小笹が肩を竦《すく》めて忍び笑いした。

二

北町奉行所の定町廻《じょうまちまわ》り同心、斧田晋吾《しんご》は御蔵河岸の渡し場にしゃがみこんで、藁莫蓙《わらござ》に寝かされている女の屍体を入念に改めていた。

女は右の肩口から斜めにバッサリと左胸まで斬りおろされている。斬られたあと、大川に投げ込まれたらしく、鼠色《ねずみいろ》の味噌《みそ》漉縞《こしじま》の小袖《こそで》も藍色《あいいろ》の帯も水を吸ってぐっしょり濡れていた。

髪はぐずぐずに崩れ、赤い腰巻の裾《すそ》が乱れて白い足がくの字に折れ曲がっている。

しかし、右手には上物らしい女物の塗り傘をしっかりと摑みしめて離そうとしなかったところを見ると、よほど大事にしていたものらしい。

——もしかすると、夜鷹を金で釣っておいて、あとからバッサリやりやがったのか……。

首を捻《ひね》っていると、後ろから影がさした。

「酷《むご》いことをしやがる……」

その声に斧田同心が振り向くと、神谷平蔵が険しい目つきで屍体のかたわらにしゃがみこんだ。

「なんだ。あんたか……」

神谷平蔵は斧田とは旧知の間柄で、しばしば捕り物にも手を貸してくれている。

「その塗り傘をくれてやったのはおれだよ」

平蔵は痛ましげに夜鷹の亡骸《なきがら》を目でしゃくってみせた。

「うむ……まさか、あんた、ゆうべ、この夜鷹を買ったんじゃあるまいな」

「ばかをいえ。おれが、この女に会ったのは三日前だ。腹が空いているというんで柳橋の近くの夜鳴き蕎麦《そば》を奢《おご》ってやっただけだ」

平蔵は塗り傘を目でしゃくってみせた。

「その傘も、おれがくれてやったものだ。傘もなしで客の袖をひくのはつらかろうと思ってな。飲み屋の女将《おかみ》が貸してくれた傘をくれてやったのさ」

舌打ちして苦笑いした。

「なんなら、一ッ目橋《ひとつめばし》のすぐそばの［あかねや］のお美乃という女将に聞いてみろ」

「ふうん……」

「その帰り道、心月院の前で闇討ちにあって脇腹に掠《かす》り傷を負って丸二日寝込んでいたところだ。なんなら福井町の永井東庵先生にたしかめてみるんだな」

「ははん、それじゃ心月院前にころがっていた浪人者の屍体の下手人《げしゅにん》はあんたかい」

「ちっ、今度は下手人あつかいか」

「ふふふ、よしてくれ。あんたをお縄にしたところで手柄になりゃしねぇよ」

斧田晋吾は口をひんまげて腰をあげた。

「ともあれ、ちょいと自身番までつきあってもらおうか。どうも、この夜鷹殺しには裏がありそうなんでね」

「いいとも、おれも、この女をこんな酷い目にあわせやがった外道《げどう》は断じて許すわけにはいかん」

平蔵は屍体に向かって片手拝みしてから、腰をあげた。

三

「ふうむ。この女……おひさというのか」

番屋の土間に藁莫蓙ごと運びこまれた女の屍体を見やって、平蔵は暗澹《あんたん》とした。

「ああ、平右衛門町の裏店《うらだな》に住んでた子持ちの女でな。ちょいといい女だったが、小間物を担《にな》い売りしていた弥市てぇ亭主に捨てられて食うに困って夜鷹に出るようになったのよ」

番屋の間口は二間、家主《いえぬし》と書役に番太が二人、壁には捕り物に使う突棒《つくぼう》、刺股《さすまた》、袖がらみなどがものものしく架けられている。

奥には六畳の部屋があり、火鉢には炭火が埋められていて鉄瓶《てつびん》がかけられ、いつでも茶が飲めるようになっている。

部屋には定詰めの書役のために小机と筆硯《ひつけん》がおかれていた。

斧田は莫蓙に仰向けに寝かされたおひさの屍体の裾をひらいて、無造作に指を秘所にもぐりこませた。

たっぷりと水を吸った赤い木綿の腰巻がめくりあがり、血の気のうせた真っ白な太腿と股ぐらの黒い陰毛が、羞じらうようすもなく晒《さら》されている。

平蔵は思わず目を背けた。

斧田晋吾は町方同心のなかでは気のおけない男で、平蔵も親しくしているが、このあたりの無神経さは、年中、屍体や悪党と向き合っている仕事柄、つきもののなのだろう。

「思ったとおり、どうやらゆんべは客にありつけなかったようだ」

秘所を探った指先をたしかめて、斧田は不審そうに小首をかしげた。

「とはいえ、巾着《きんちゃく》にはバラ銭のほかに一分銀がひとつと、一朱銀が三つもはいっていたんだぜ。夜鷹には分不相応な大金だ。十人客をとっても多寡《たか》が知れてるはずだからな」

「そいつは、おれが三日前にやった金だろうよ。一朱銀とバラ銭は一分銀をくずした残りだと思うね」

「あんた、さわりもしねぇ夜鷹に蕎麦を奢ったうえに二分もくれてやったというのかい」

斧田がひっかかるのも無理はない。

一分銀二枚（約七万円）は夜鷹には身に過ぎた大金といえるだろう。

「ああ、たしか、巾着にあった一分銀を二つ渡してやった覚えがある」

「ほう、二分といや、ちょいと手軽にくれてやるようなはした金じゃねぇがね」

「ちっ、そいつが八丁堀《はっちょうぼり》の悪い癖だ。おれは、その金があるうちに夜鷹から足を洗って昼間の勤めを探せといっただけだ。五つの子供のためにもと思ってな」

「ほっほう……仏心というやつかね」

「なに、ほんの気まぐれだ。なにせ酔っていたうえに、その女には夜鷹に似合わない、いじらしさがあったからな」

「なぁる……その二分のうち一朱使って、その残りを後生大事に巾着にいれていたってわけだな。なら、辻褄《つじつま》はあう」

「気にいらんらしいな」

「なんの……」

斧田は掌《てのひら》をひらひら横にふってみせた。

「あんたなら、やりそうなこった。これで諸々が腑《ふ》に落ちた……」

意味ありげにつぶやくと、斧田は眉根にきつい皺《しわ》を刻んだ。

「実はな。ゆんべ、花川戸の相模屋にはたらいている女中からちょいと気にいらねぇ話を小耳にはさんだのよ」

「ふうむ……相模屋といえば浅草でも聞こえた成金だ。押し込みにでも入られたのか」

「ううむ……らしいんだが、あるじの太兵衛や番頭は何かのまちがいでしょうの一点張りでいやがる」

斧田はおひさの裾を元通りに直すと、平蔵に目配せして顎《あご》をしゃくってみせた。

「な、ちょいと、そのあたりで、一杯つきあってくれねぇか……女の屍体の検死てぇやつは何十年同心やってても後味が悪くていけねぇもんなのよ」

斧田は顔をしかめて吐き捨てた。

そこには眉ひとつ動かさず、おひさの股ぐらに指をもぐりこませた町方同心の非情さとは裏腹の人間臭さが感じられた。

「いいとも、いくらでもつきあうが、おれは病みあがりのうえに素寒貧《すかんぴん》だから勘定はそっちもちだぞ」

「ふふふ、夜鷹に二分もくれてやって、巾着がからっけつとは神谷さんらしいやな」

斧田はにやりとして、くるっと羽織の裾を器用に巻き込み、十手《じって》で肩をぽんとたたくと、雪駄《せった》の音を響かせて番屋の外に出た。

四

「なにぃ、相模屋の奉公人たちが一人残らず朝まで手足を縛られたうえに猿轡《さるぐつわ》までかけられていただと……」

黒船町《くろふねちょう》にある小料理屋の二階の小部屋にあがった平蔵は、女中が運んできた酒肴《しゅこう》を前にしていたが、しばらくすると斧田が盃を置いて、ここだけの話だがと断ってから口をひらいた事の成り行きに思わず気色《けしき》ばんだ。

「うむ……いつものように朝早く店にやってきた番頭が驚いて、数珠《じゅず》つなぎにされていた奉公人と、奥の寝間にいた太兵衛と女房の縄目をといてやったらしいが、太兵衛は奉公人たちを集めて、厳しく口外しないように命じたらしいのよ」

斧田にこのことを漏らしたのは三十一になる台所女中のとめという女だったという。

とめは松井町《まついちょう》の料理茶屋「すみだ川」ではたらいていたことがある。「すみだ川」の女将のおえいは、斧田が使っている岡っ引きの本所の常吉《つねきち》の女房だった。

今朝、買い物に出た足で「すみだ川」に寄って、おえいにこのことを漏らしたのだ。

ただし、くれぐれも自分のことはないしょにしておいて欲しいと頼んだらしい。

「死人や怪我人が出たわけじゃなし、銭が盗まれたという訴えが出ているわけじゃねぇから、知らぬ存ぜぬで通されりゃ、こっちはお手上げよ」

斧田は太い溜息をついた。

「ふうむ……奇体《きたい》なはなしだな」

「奇体といや、とめが縛られていたとき、太兵衛と女房の寝間のほうで絞りだすような女の声がかすかに聞こえてきたらしい」

「絞りだすような声……」

「うむ。とめにいわせりゃ、あれは俗にいう女のよがり声だったってんだがね」

「なにぃ……」

「そうよ。おなごが寝間でこらえきれずに絞りだす声にならない声ってやつさ」

「ふうむ……というと、相模屋の女房がやつらに」

「ああ、それっきゃねぇだろう」

斧田は苦虫を嚙みつぶしたような顔で、ぐいと盃の酒を飲み干した。

「相模屋の女房の菊江って女はな。年増《としま》だが評判の別嬪《べっぴん》で、男ならだれでもそそられる色っぽい躰つきだ。手込めにされたとしても不思議はねぇ女よ」

斧田の双眸《そうぼう》が獲物を見つけた猟犬のように鋭くなった。

「こいつは滅多にいえねぇが、おれは相模屋が名目金貸《みようもくきん》しの許しをもらった裏にゃ、寺社奉行や坊主を落とすために女房を使ったんじゃねぇかとみているのさ」

「なんだと……」

「あんたは見たことがねぇだろうが、相模屋の女房てのは吉原の花魁《おいらん》なんぞ裸足《はだし》で逃げ出すほどの女よ」

「ふうむ……つまり人身御供《ひとみごくう》に女房を使ったというのか……」

「ああ、そう、めずらしいことでもないぜ。武家のなかにも女房や娘を献上して出世したってぇお偉方はいくらでもあらぁな」

斧田は口をひんまげた。

「銭が命の商人ならそれくらいのことはやりかねん。ま、こいつは町方が手をだせることっちゃねぇがな。あの菊江って女が何度もひとりで浅草や本所の料理茶屋に出向いていているということを耳にしてるぜ」

「色仕掛けか……」

「ああ、本来なら、こいつは町方よりも御目付の仕事だろうが、おれは蚊帳《かや》の外で指をくわえているってぇのは性にあわねぇんでな」

「だろうな。置いてけ堀は我慢できないのがあんたのいいところだ」

「それにな。あの、おひさってぇ夜鷹を斬ったのは相模屋に押し入ったやつらの仕業《しわざ》にまちがいはねぇ」

斧田の目が細く切れた。

「しかも、とめという女中はな。そいつらの頭目らしい侍が廊下を奥に向かう後ろ姿をちらっと見たらしいのよ」

「後ろ姿だけか……」

「ああ、けどな。やつの背中には家紋らしい鬼牡丹が染め抜いてあったそうだ」

「なにぃ、鬼牡丹だと……」

平蔵はくわっと双眸を見ひらいた。

「そやつは、おそらく真柄源之丞だ」

「なに……」

「おれが、心月院の前で斬り合ったのはそやつだ」

「な、なんだと……」

「ああ、まず、まちがいない。鬼牡丹の家紋などというのはそうはなかろう」

「う、ううむ……たしかに、な」

斧田はおおきくうなずいて腕を組んだ。

「するってぇと、ゆうべの一件は相模屋と水無月藩がらみということか……」

「そこまでは知らん。その先はあんたの領分だろうが」

「う、ううむ……ちっ、こいつは厄介なことになってきやがったな」

斧田同心は眉根を寄せて、平蔵の顔を見た。

「ところで、神谷さんよ。あんた、その真柄源之丞とやらいう侍の顔を覚えているだろうな」

「ははぁ、人相書きでもつくろうということか……」

「そうよ。例の雪乃とかいう絵描きの別嬪さんに頼めばさらさらっと描いてくれるんじゃねぇか。なにせ、相模屋は知らぬ存ぜぬで頼りにならねぇからな」

「ううむ。ま、刃《やいば》を合わせた相手だからな。あえばわかるとおもうが、なにしろ漆《うるし》を溶き流したような暗夜だったし、目鼻立ちまではしかと覚えちゃいない」

平蔵は苦笑いした。

「それも、ほんの束の間だったから人相書きの足しにはならんだろうよ」

「ちっ……それじゃしょうがねぇか」

五

二人はしばらく、無言で酒を酌《く》み交わしていたが、やがて平蔵は重い口をひらいて問いかけた。

「ところで、その、おひさという女が真柄源之丞の一味に斬られたというのはまちがいないのか……」

「ああ、おひさの屍体を検死したが、ゆんべの九つ（午前零時）ごろから八つ半（三時）ごろに斬られたようだ」

斧田はきっぱりと断言した。

「おそらく、おひさはやつらが相模屋に押し込む前か、引き上げる時のどちらかに、運悪くばったり出くわしたのよ」

「ふうむ……」

「竹町の渡しの船着き場に血痕《けっこん》が残っておったのよ。ちょうど相模屋の店がある花川戸の南側の角だ。おひさの鼻緒《はなお》の切れた下駄が血痕のなかに転がっていたのさ」

斧田は懐から懐紙《かいし》にくるんだ血まみれの巾着をつかみだした。

「この巾着もすぐちかくに投げ出されていたが、物取り目当ての殺しじゃねぇこたぁたしかだな」

斧田が巾着を逆さにすると、なかから銭がこぼれ落ちた。

いずれの銭にも血の痕が鮮やかにこびりついていた。

「おれは、やつらが舟で竹町の渡しに乗りつけたとみている。そのとき、おひさに見られたか、引き上げるときに見られたんだろうよ。屍体は川に投げ込んだが、流されて御蔵河岸の舫《もや》い杭《ぐい》にひっかかったんだろうよ」

「…………」

平蔵は無言で血まみれの巾着と、残された銭を手にした。

「しかし、これだけの銭があるんだ。夜鷹稼ぎになんぞ出なくてもよかったはずだが……」

「いや、客を拾おうとしていたんじゃねぇと思うぜ」

「うむ……」

「さっきまでは知ってて惚《とぼ》けていたが、実は、ゆんべ、おひさは客じゃなくて、あんたを探して柳橋から駒形堂にかけてうろついていたと夜鷹の仲間がいってたそうだ」

「ああ、あんたに塗り傘を返そうと思っていたのか、それとも、ただ、ひと目逢って、礼をいいたかったのかはわからねぇが、あんたに逢いたかったことだけはたしかだろうな」

「なにぃ、おれを……」

「いや、なんでも一昨日《おとつい》の日暮れどきから、ずっとあのあたりをいったりきたりしてたそうだ。あんたが脇腹の刀傷でずっと寝ていたなんてことも知らずによ」

「夜の夜中に、か……」

「なんだって、そんな……」

平蔵は声もなく、血まみれの巾着を握りしめた。

「ええ、おい。泣かせるはなしじゃねぇか。むろん、惚《ほ》れた腫《は》れたなんかじゃねぇだろうが、おひさにゃ、あんたの親切が忘れられなかったんだろうさ」

「……」

「夜鷹なんてのは百文、二百文のはした金で茣蓙のうえに股ぐらおっぴろげて男に肌身を切り売りする稼業だろうが。それだけに、なおのこと、ちょいとした人の情けが身にしみたんだろうな」

「おい、あんた。その、おひさの住まいはどこか知っているか」

「ああ、たしか常吉のはなしじゃ平右衛門町の幸右衛門店《こうえもんだな》だそうだぜ」

「よし、わかった」

平蔵はかたわらのソボロ助広をつかみとって腰をあげた。

「斧田さんよ。相模屋なんてのはどうでもいいが、おひさを斬ったやつだけは許せん。あんたがお縄にかける前におれがたたっ斬ってやる」

「お、おい……」

だだっと階段をかけおりてゆく平蔵を見送りながら、斧田は苦笑いした。

「ふふふ、夜鷹の仇討《あだう》ちか。神谷さんらしいぜ」

六

「え……出し抜けに十両だなんて、いったい、なんにお使いになるんですか」

おもんは呆れ顔になって、舞い戻ってきた平蔵を見上げた。

「なにがあったんです」

「とにかく用立ててくれ。金はかならず返す」

平蔵が五つの男の子を残して殺されてしまったおひさのことを話すと、おもんはすぐさま手文庫から十両の金を出してきて、身支度をした。

「わたくしも、ごいっしょにまいります」

有無を言わせぬ口振りで、うながした。

「哀れな……。平蔵さまが情けをかけられたせいで、その子はみなしごになったようなものじゃありませぬか。わたくしも、ほうってはおくわけにはまいりませぬ」

「う、うむ……」

「乗りかかった舟でございましょう。せめて、その子の身のふりかたぐらいはどうするか見届けてやらないと哀れじゃありませんか」

おもんは傍《かたわ》らにひかえていた小笹と小鹿小平太を返り見た。

「はい。おもんさま……」

「留守番を頼みますよ」

「引きうけた」

「さ、まいりましょう」

おもんはさっさと先にたって、下駄を突っかけた。

平蔵はおもんについて甚内橋《じんないばし》を渡り、蔵前の大通りに出た。

平右衛門町まで来ると、おもんは迷わず幸右衛門店を見つけだした。

どうやら、おもんの頭には江戸の絵図があますところなくはいっているらしい。

幸右衛門店にはいると、おもんは共同の井戸端で股をおっぴろげて洗濯をしていた女におひさの住まいを聞いた。

女は侍姿の平蔵にちらちらと胡散臭《うさんくさ》そうな目を向けながら、路地の奥でぽつんと一人でしゃがみこみ、蟻《あり》を眺めている男の子を指さして怒鳴った。

「太一ちゃん。このひとが、おまえのおっかあに用があるんだってよ」

太一と呼ばれた男の子はけげんそうな顔になって立ちあがり、無言のまま平蔵たちのほうを見た。

五つにしては小粒だが、黒い両目は利発そうに見えた。

路地には何人もの子がわいわい騒ぎながら遊びまわっているのに、太一のほうは見向きもしない。

太一はどうやら長屋の子供たちから仲間はずれにされているようだった。

七

平蔵とおもんは太一のあとをついて、おひさの住まいから二軒先に住んでいるという叔母の長屋を訪ねた。

おもとという叔母は手内職らしい頼まれものの縫い物をしていたが、おひさが殺されたと聞くと声を失って、しばらく涙ぐんでいたものの、困惑したように太一を見つめた。

「そいじゃ、この子はどうしたもんですかねぇ……」

「あんたが引き取ってやるしかあるまい」

そう平蔵がいうと、おもとは滅相《めっそう》もないという顔になって首を横にふった。

「むごいことをいうようですが、うちにはそんなゆとりはありませんですよ」

おもとは途方に暮れたように放心した。

「うちの亭主は日雇い人足で、おひさが稼いでくる銭で太一の食いぶんを賄《まかな》うのがやっとだったんですよ。その、おひさが死んじまったら、うちのひとはただでさえ厄介者あつかいしてるんですから……」

にべもなく首を横にふった。

「なんとか、お上《かみ》のほうで面倒みてもらえないんですかねぇ」

「わかりました」

おもんがきっぱりとうなずいた。

「それじゃ、坊やはわたしが預からしてもらいますよ」

おもんは巾着から五両出すと、おもとに念をおした。

「そのかわり、おひささんの亡骸はあなたのほうで引き取って埋葬してあげてください。おひささんの父親の遺骨があるお寺がいいでしょうね。お金はそのかかりに使ってくださいよ」

「は、はい。それは、もう、たったひとりの姪《めい》ですから……」

途端にえびす顔になったが、目は五両の小判に釘《くぎ》付けになっている。

おひさの遺品といっても、粗末な着物が何着かと、亡くなったおひさの親の位《い》牌《はい》があるくらいのもので、釜や茶碗などの台所道具はおもとに始末してもらうことにした。

大家にいきさつを話し、家賃の始末をつけると、おもんは太一の手をとって平蔵をうながし、幸右衛門店を後にした。

叔母のおもとは厄介払いしてホッとした顔で、太一に「この、おばちゃんのいうことをきいて大事にしてもらうんだよ」などとしおらしいことをいった。

おもんに手をひかれながら、太一は一度もうしろを振り向くこともなく、黙ってついてきた。

「おい。いいのか……これで」

おもんのてきぱきした始末に唖然《あぜん》としていた平蔵が問いかけると、おもんはせた。

「ほかにどうしょうもないじゃありませんか」とさばさばした顔つきで笑ってみせた。

「もとはといえば平蔵さまの仏心のせいでしょうが……」

「う、うむ……」

平蔵、これには一言もない。

「よし、ひとつ、おれが肩車してやろう」

太一の躰を軽がると持ち上げて、肩車にかついだ。

「オシッコがしたくなったらいうんだぞ」

「うん……わかった」

太一がはじめて口をきいた。

「ま、よくお似合いですこと……」

おもんがくすっと忍び笑いした。

八

時の鐘が四つ（午後十時）を打つのが聞こえてきた。

おもんが床のなかで平蔵の胸に頰を埋めこみ、手で脇腹の傷痕にふれながらささやいた。

「傷にさわりはしなかったかしら……」

「なんの、東庵先生の治療はたいしたものよ。あれだけふたりでほたえても、びくりともせなんだぞ」

「ま、ほたえるだなんて……」

「なにせ、おまえの躰はよくしなるからの」

おもんの腰をゆっくりと抱きよせると、枕行灯《まくらあんどん》のほのかな灯りのなかに浮かびあがる蠱惑《こわく》にみちみちた臀《しり》のふくらみをいとおしむように愛撫した。

そのふくらみは二人がはじめて結ばれたときと、すこしの変わりもなく弾力に富んでいる。

つかみしめればどこまでも柔らかく、それでいて手を離せばすぐにもどる。

弓のようにしなやかに反っている背筋は獣のように強靱《きようじん》な筋力を秘めている。平蔵の腹にひたとおしつけている双の乳房は、あのころとおなじようように手鞠《てまり》のようによく弾む。

「おまえはすこしも変わらんな」

「平蔵さまこそ……」

おもんは満ち足りたように平蔵の胸に顔をおしあて、幸せそうにささやいた。

「わたくしは、どこにいても平蔵さまのことを忘れたことはついぞありませぬもの」

おもんはまるで十七、八の娘のようなことばをもらすと、せりあがって平蔵の口を吸いつけてきた。

そのとき、かたわらで熟睡していた太一がどたんと寝返りを打った。

夜着がずれて、ちいさな下半身がむきだしになった。

「ま……」

おもんはむきだしになった腰をおしもどすと、夜着をそっと掛け直してやった。

「かわいそうに……まだ、母親が恋しい年頃なのにひとりぼっちになってしまって」

「哀れだの……。おれも、ちいさいころに母を亡くした。ちょうど、この太一とおなじ年頃だったな」

ぼそりとつぶやいた平蔵をおもんが振り返った。

「わたくしも母の顔など覚えておりませぬ。父はたまに顔をあわせますが、口ひとつきいたことがありませぬわ」

そういうと、おもんは身をよじって平蔵の胸にすがりついてきた。

「でも、さみしくなんかありませぬ。わたくしには平蔵さまがいてくださいますもの」

——いじらしいことをいう……。

ともに、たまさかにしか逢えぬ身である。

にもかかわらず、これほどひたむきに身もこころも投げ出してくる。

そういう、おもんの思いが切なく伝わってきて、平蔵は愛《いと》おしいと思わずにはいられなかった。

おもんが、つと、半身を乗りだし、枕行灯の灯を吹き消すと、両腕をのばして平蔵の躰にすがりついてきた。

厚い土蔵の壁にあけられた方二尺余の格子窓からさしこむ、淡い夜の明るみのなかで、青白くさえ見えるおもんの肌がしなやかにうねった。

男と女はそれぞれにもとめあうものがちがうものである。

しかし、おもんはあたかも平蔵がもとめるものを察知しているかのように動いて二人の呼吸をひとつにし、頂きにのぼりつめる。

そして、のぼりつめたことを告げるように鋭く筋肉をふるわせると、やおら息を静めつつ、ゆるやかに全身を弛緩《しかん》させる。

その営みは縫や、文乃、そして波津や篠とはまるで異質のものだった。

それぞれの女に不満を感じていたわけではないが、おもんとの営みとはまったくちがうことはたしかであった。

うっすらと汗でしめったおもんを抱きしめながら、平蔵は終生、この女とは離れられない宿命のようなものを感じていた。

平蔵はおのれが、いつ、どこで果てるかわからないと常におもっている。

そして、おもんもまた、いつ、どこで死ぬかもわからない女忍である。

その無常感がふたりの絆《きずな》になっているのかも知れない。

隣で寝入っている太一が、また、寝返りを打った。

第八章　似顔絵

一

平蔵は裏庭に面した縁側で煎餅《せんべい》を齧《かじ》りながらあぐらをかいて、オランダ渡りの医学書に目を通していた。

学問の師である新井《あらい》白石《はくせき》が長崎からわざわざ平蔵のために取り寄せてくれた厚さ二寸余もある分厚い医学書で、ミミズがのたくったような横文字が並んでいる。

すぐ目の前で太一がしゃがみこんで、蟻《あり》の群れがせわしなく動きまわるのを飽きずに見つめていた。

一昨日、おもんのもとに黒鍬組から使いの者が訪れ、おもんは小笹とともに急遽《きゅうきょ》、西国に向かった。

小鹿小平太は忍び宿の茶店に残していくが、太一の身柄は平蔵に預けたいという。

どういうわけか太一はおもんと平蔵にはなついたが、小平太や茶店の婆さんにはなつかなかった。

ちいさいくせに人見知りする質《たち》らしい。

「きっと、平蔵さまの肩車が気にいったんでしょうよ」

おもんはそういって笑った。

それに子供はいつ熱を出したり、怪我をしないともかぎらない。

しかも、平蔵はいまのところひとり住まいでもあるし、母親のおひさを死なせてしまった責めもある。

引きうけるしかなかった。

どういうわけか太一は、おもんを「おばちゃん」と呼び、平蔵を「ちゃん」と呼んでなついた。

父親の味を知らない太一にとって、平蔵ははじめて親しみを感じた男なのかも知れなかった。

なつかれると自然に情も湧いてくる。

かつて神田の裏長屋に暮らしていたとき、縫が育てていた伊助《いすけ》という男の子になつかれ、「ちゃん」と呼ばれていたことを思い出した。

やがて、伊助は磐根《いわね》藩《はん》の藩主の御落胤《ごらくいん》だったことがわかって縫とともに磐根藩に引き取られ、いまは世子《せいし》となっているが、平蔵は自分の子にしてもいいと思ったこともある。

——もしかしたら、平蔵さまには男の子になつかれる何かがあるんですよ。

おもんはそういって、旅立っていった。

二

平蔵は七歳のころから江戸五剣士に数えられる鐘捲流の達人、佐治一竿斎の道場に通いつつ、当代の碩学《せきがく》、新井白石の私塾に入門した。

さいわい平蔵には剣才があったらしく、佐治道場ではめきめきと頭角を現し、十代で免許皆伝を許されるほどになったものの、学問には今ひとつ身が入らずじまいだった。

しかし、新井白石はどういうわけか平蔵を可愛がってくれて、後年、六代将軍家宣の政治顧問になってからも、平蔵には何かと目をかけてくれた。

吉宗が将軍になってからは政治顧問を辞して「折《おり》たく柴《しば》の記」の執筆に没頭し、先年、脱稿してからは悠々自適《ゆうゆうじてき》の暮らしを送っている。

数日前、平蔵は白石に呼ばれて隠宅におもむいたところ、このオランダ渡りの医学書を戴いたのである。

平蔵は若いころ長崎に留学したことがあるが、オランダ語を学ぶよりも丸山《まるやま》遊郭《ゆうかく》で女体探求に精をだしていた口だった。

それゆえ何が書いてあるのか皆目わからなかったが、医学書に描かれている人体解剖図には瞠目《どうもく》した。

平蔵は亡父の遺言で、医者をしていた叔父の夕斎の養子となって漢方医学は学んだが、幕府が腑分《ふわ》け（人体解剖）を禁止しているため、人体の構造はおよそのことしかわからなかった。

ところが、この医学書には男女の人体構造が骨格から臓器や血管のありようまで詳細に記されている。

患者がくればもちろん診察し、治療をするが、暇を見ては解剖図を眺めるのが平蔵の楽しみのひとつになっていた。

「ちゃん……この、ありんこには羽根がついてるよ」

太一がちっちゃな掌《てのひら》をひろげて一匹の蟻を見せにきた。

「ああ、それは羽蟻といってな。大人になったから子をつくれるようになったしるしに羽根が生えたのだ」

「ふうん。そいじゃ、このありんこ、ちゃんになったんだ」

「ン、ま、そういうことだな」

「ちゃんとおばちゃんも、赤ちゃんをつくれるんだね」

「うむ……」

平蔵、これにはまいった。

「ねぇ、どうやって赤ちゃんつくるの」

「そうよ、な……」

どうにも答えようがない。

弱っているところに、蛇骨長屋に住むおたけという左官の女房が十歳になる三吉《さんきち》という子を連れてやってきた。

これさいわいと、太一におとなしく遊んでいろといいふくめて腰をあげた。

玄関に出てみると、日頃はやんちゃな三吉が泣きべそをかいている。

奥歯の乳歯が虫歯になって、歯茎がぐらぐらしていて飯も食えないということだった。

こんなものは糸で歯を結んでぐいと引っ張れば抜けるが、三吉の歯は子供にしては頑丈だった。

おたけにしっかり抱かせておいて、三吉に口をひらかせ、釘抜《くぎぬ》きでひん抜いてやった。

泣きわめいている子にうがいをさせてから水飴《みずあめ》をしゃぶらせ、なだめていると、玄関から平蔵の剣の師匠でもある佐治一竿斎が股引脚絆《ももひききゃはん》に草鞋《わらじ》履きというなりでのそりと土間にはいってきた。

「おお、これは、先生……」

「ふふふ、おまえもどうやら商売繁盛のようでなによりじゃの。結構、結構……」

佐治一竿斎は腰の刀をはずしながら診察室の入り口にどっかと腰をおろすと、草鞋の紐《ひも》を解き始めた。

「平蔵。わしは家出してきたゆえ、当分、ここに居候《いそうろう》させてもらうぞ」

「は……家出とは、また、なにゆえ」

「なんの、お福《ふく》めと、ちといさかいしたゆえな。しばらくはここに世話になることにするが、よいな」

「それはかまいませぬが、さては、お福さまと痴話喧嘩《ちわげんか》でもなさいましたか」

「痴話喧嘩とはなんじゃ、痴話喧嘩とは……。なに、お福めがいうことをきかぬゆえ、こらしめのために家を出てきたまでよ」

にやりとして診察室にのこのことあがりこんできた。

「こ、この爺さまが、せんせいのせんせいなんだっちゃ」

ようすをうかがっていたおたけが目をまんまるくして、声をひそめた。

「ああ、おれにとっては世の中で一番怖いおひとだよ」

「あんれ、まぁ……せんせいにも怖いおひとがあるのかねぇ」

「あたりまえだ。怖いおひとがいない人間はろくなもんじゃない」

「へぇえ……うちのバカなんぞ、ろくな稼ぎもねぇだに、酒かっくらっちゃ、えらそうに威張りちらしているだよ」

房総弁《ぼうそうべん》まるだしで口を尖《とが》らせた。

「そいでもって、ちょいと気にくわねぇことがあると箱膳ひっくりかえすわ、茶碗をぶん投げるわ、ふんと始末におえねぇろくでなしだぁよ」

「ふふふ、そうはいうがな。おまえのところはめっぽう夫婦仲がよいという長屋の評判だぞ」

「え、そんだらこと……」

おたけが真っ赤になった。

「そうだよ。ゆんべだってかあちゃんと、とうちゃんが、尻まるだしでえっさえっさしてるとこ、おいらちゃんと見てたもん」

三吉がにんまりして口を尖らせた。

「あれはさぁ。とうちゃんとかあちゃんがめめっちょしてたんだろ」

「もう、こ、このバカたれが！」

おたけがうろたえて三吉の口をふさぎにかかった。

「はっはっはっ、子の口にふたはさせられずとはよういうたものよのう」

一竿斎が呵々大笑《かかたいしょう》した。

「夫婦というものは喧嘩をしたり、仲ようしたりして共白髪まで添い遂げるもの
よ。まちごうても子供の前で亭主をバカ呼ばわりしてはならんぞ」

「へ、へぇ……」

おたけは日頃は亭主と取っ組み合いの喧嘩も辞さない気の強いおなごだが、一
竿斎にはあらがいがたい威厳を感じるらしく神妙にうけたまわっている。

「男というものは強そうに見えるが、それは見せかけでの。根っこは傷つきやすい弱いものよ」

「うちの亭主が傷つきやすいだなんて、そんなぁ……うちのときたらトンカチでぶったたいたってへこたれやしませんよ」

「なにをもうすか。躰のことではない」

　師はドンと胸をたたいてみせた。

「心根《こころね》のことじゃ。いくら家で威張っておっても、日々、外では辛《つら》い思いを我慢して女房や子たちのために汗水ながして稼いでくれておる。そうであろう」

「え、ええ、まぁ……けんど旦那《だんな》、稼ぐったって、うちのバカが稼いでくる銭なんか雀《すずめ》の涙みてぇなもんですよう」

「そのバカ呼ばわりがいかん。子供の前で父親をバカなどといえば子供はなんと思うか考えてもみよ」

　一竿斎はじろりとおたけを睨《にら》みつけた。

「そのうち子供も父親をかろんじるようになる。一家のあるじをかろんじればろくな男には育たんぞ。それでもよいのか」

　おたけはしゅんとなった。

「そのうち亭主のほうも、おまえに嫌気がさして、ほかのおなごに走りかねん」

「そんなぁ……」

とんでもないといわんばかりに、おたけは自信たっぷりに手を横にふった。

「うちの亭主はあたしにべたぼれですからね。子供が寝つくのを待ちかねてくっついてくるんですよ。ふんとに暑苦しいっちゃありゃしない」

「ばかもん！」

一竿斎が年に似合わぬ声で一喝《いっかつ》した。

「見たところ、おまえは色白で、おっぱいもむちりとしておるが、おなごは老けるのも早いぞ。そのうち、おっぱいもしなびてだらんとしてきたらさいご、げんなりして浮気したくなるにきまっておる」

「え……」

「そうなってからあわてても遅いわ。子をかかえて路頭に迷う羽目になる。あげくの果ては女郎にでもなるしかなくなるぞ」

「だ、旦那……よ、よしてくださいよ」

「いいか。おなごは亭主がえっさえっさしてくれているうちが花だと思って、せいぜい奉《たてまつ》ってやることだ。男などというのは大事にしてやれば気をよくして、せっせと稼ぎにも精出すものよ。のう、平蔵」

「は、いかにも……」

平蔵、吹き出したいところだが、ここは神妙に同意しておくほうが賢明というものだ。

「わかったな、おたけ……」

「へ、へぇ。わかっただよぅ……」

おたけは渋々ながら首をすくめてうなずいた。

「よしよし、わかればよし……」

一竿斎はカラカラと笑い飛ばした。

佐治一竿斎は、かつては門弟百人を超す大道場を構えていた。

ところが、五十四歳のとき、書院番を務める旗本の石川重兵衛《いしかわじゅうべえ》の娘のお福を妻にすると、「もはや剣をふりまわす年でもあるまい」と道場を高弟に譲り渡し、さっさと碑文谷村《ひもんやむら》に隠宅をかまえて移り住んだのである。

お福は五尺六寸（約百七十センチ）という大柄な躰が敬遠されてか、嫁《い》き遅れていたものの、名前のとおり福々しい美人だった。

一竿斎とは親子ほど年の差があり、双方とも初婚だったが、きわめて夫婦仲は睦《むつ》まじく、門弟が辟易《へきえき》させられるほどだった。

その一竿斎がお福とささいなことで諍《いさか》いをして家出してきたという。

――めずらしいこともあるものよ。

おたけが帰っていったあと、平蔵は馴《な》れぬ手つきで厚切りにした沢庵《たくあん》に煎《い》り胡麻《ごま》をふりかけたのを酒のつまみがわりに丼鉢《どんぶりばち》に入れて、貧乏徳利と茶碗を二つ手にし、奥の部屋にもどってみた。

たまげたことに一竿斎が縁側で四つん這いになって背中に太一を跨《また》がらせ、はいしどうどうとお馬の稽古《けいこ》遊びをしている。

さらにおどろいたことには人見知りをする太一がすっかりなついていて、うれしそうにはしゃいでいた。

「先生……」

「おお、平蔵……おまえ、いつの間にこんな子をつくった」

「い、いや……」

「この太一という子に聞いたら、おまえをちゃんだといっておる。もしかすると、きさまの隠し子か」

「まさか、とんでもございません」

「ま、よい。おまえなら一人や二人、隠し子がいても不思議はないわ」

平蔵、これにはひとこともない。

三

「ふうむ……おまえもいろいろと忙しい男よのう」

平蔵からこれまでの経緯《いきさつ》をつまびらかに聞いた一竿斎は深ぶかとうなずいた。

「つまり、おもんが忍び勤めをおえてもどってくるまでのあいだ、あの太一という坊主を預かっておるということだの……」

「は、い、いや、やむをえず……」

「やむをえずとはなんじゃ。引きうけたからにはそれなりの責めを負う覚悟がのうてなんとする」

「は、いかにも……」

「しかし、おもんというおなごはたいしたものじゃのう。ゆきがかりとはいえ、つまりは、おまえの尻ぬぐいを買ってでたようなものではないか」

「ま、そういうことになりますな」

「そういうことも蜂《はち》の頭もないわ。いうなれば、おまえと一心同体の覚悟がのうてはできぬことよ」

「おそれいります……」

「そもそもが、きさまがおひさとやらいう夜鷹《よたか》の女に、気まぐれの情けをかけたことがはじまりであろうが」

「は、ま、いかにも……」

「本来なら、きさまが太一を引き取るべきところを、おもんは腹ぼてで里帰りしておる女房もちのきさまの身を思いやって、太一の身柄を引きうけたのであろうよ」

佐治一竿斎は深ぶかとうなずいた。

「よう、できたおなごよのう。この世知辛《せちがら》い当節、それだけの心意気を迷わずしてみせるおなごは滅多におるものではない。六十余州を鉄《かね》の草鞋を履いて探しても見つからぬおなごじゃぞ」

いささか褒《ほ》めすぎのような気がしないでもないと平蔵は思ったが、なにせ、佐治一竿斎は平蔵にとって剣の師というばかりでなく厳父のような存在である。

平蔵が一竿斎の道場に入門したころ、師は神のごとき存在で、みずから稽古をつけてくれたのは十五歳になってからだった。

平蔵は木刀だったが、師は扇子《せんす》一本を手にしただけだった。

それが赤子でもあしらうかのようにあつかわれ、気がついたら扇子が面にぴしりときまり、脳天が痺《しび》れてしまった。

なんとか師に立ち向かうことができるようになったのは十七歳になってからである。

ようやく一本取れたのは十九歳で免許皆伝を許されたときだった。

そのころの記憶がいまだに脳裏にこびりついて、師を前にすると小児のころにかえったような気分になるのである。

ここは、ひたすら畏《かしこ》まって唯々《いい》諾々《だくだく》と承《うけたまわ》るしかなかった。

「そもそも、おまえは、おのれの食い扶《ぶ》持《ち》も養いかねておる身ではないか。それでいて女ができると、前後の見境もなしにすぐに女房にしてしまう」

今度は矛先《ほこさき》を一転し、一竿斎はじろりと平蔵を睨みつけた。

「篠も女房としてはよくできたおなごじゃが、ややを産めばおなごは変わるものよ。一にも二にもややが大事となろう」

「………」

「おなごは子のためには鬼にもなれば、夜叉《やしゃ》にもなる生き物じゃ。夜鷹の子の太一と、おのれが腹を痛めた子とおなじように可愛がるとおもうておるのか」

「いえ、それは……」

「みろ。答えられまいが。太一を守ってやれるのはきさまと、おもんしかあるまい。そのときこそが男の正念場よ。それができぬようなら、即刻、破門じゃ」

じろりと平蔵を見すえた佐治一竿斎のまなざしの鋭さに、平蔵は思わず首を竦《すく》めた。

「よいか、平蔵。こうなったからには、きさまはなんとしても、あの太一の母親を殺《あや》めた真柄源之丞ともうす狂い者を成敗し、おもんとともに太一の親代わりになってやらねばならんぞ」

「は、そのつもりでおります」

「むろん、わしも手伝《てつど》うてやる」

「え、い、いや、先生にそのような……」

「これ、平蔵。どうやら、わしを老いぼれとみておるようじゃな」

「い、いいえ、滅相《めっそう》もございません」

「ふふ、ふ、嘘をつけ。きさまの顔にそう書いてあるわ」

一竿斎はにやりとして、ちらと庭で蝶《ちょう》を追いかけている太一を見やって声をひそめた。

「実はの。わしが、お福といさかいして家出してきたというのは嘘じゃ」

「は……」

「その鬼牡丹《おにぼたん》の真柄源之丞めが、碑文谷村にも現れたのよ」

「え……」

「わしが日頃から親しゅうしておった大庄屋に蒲原弥五佐衛門《かんばらやござえもん》という年寄りがおるが、その屋敷にも鬼牡丹めがおしかけてきよった」

「なんと、碑文谷村にまで……」

「うむ、なんでも五日前の八つ半（午後三時）ごろということじゃったが、上背のある二本差しを供に従え、鬼牡丹の三つ紋つきの羽織袴《はかま》に白足袋《しろたび》で堂々と玄関から乗り込んできたそうな」

ちょうど在宅していた弥五佐衛門が二人を座敷にあげて、応対に出てみたところ、真柄源之丞は水無月藩の先の殿、下野守宗勝の代理でまかりこした梵天丸ともうす者だと名乗ったという。

「ははぁ、まさしく相模屋に乗り込んでまいったときと、おなじ口上ですな」

「うむ。おおかた、こけおどしのためもあろうが、弥五佐衛門どのに真柄の姓を名乗れば怪しまれると思うたのであろう。弥五佐衛門どのは水無月藩と親しいゆえな。すぐに正体が知れてしまうと警戒したのやも知れぬ」

一竿斎は厚切りの沢庵を箸《はし》でつまんでバリバリと嚙みながら、貧乏徳利の酒を茶碗についでぐいと飲み干した。

とても六十路《むそじ》過ぎの老人とは思えぬ健啖《けんたん》ぶりである。

一竿斎の語ったところによると、二年前、弥五佐衛門は孫娘を代々関東郡代を務める伊奈《いな》家の嫡子《ちゃくし》に嫁《とつ》がせたいと思い、下野守宗勝にその斡旋《あっせん》を頼んだという。

関東郡代は幕府の直轄領のうち関東一帯を任されている要職で、伊奈家が子孫代々継承している。

苗字帯刀《みょうじたいとう》を許されている大庄屋の蒲原家にとっても、伊奈家の縁戚になることを願望したのは無理からぬことだろう。

下野守宗勝は下半身の素行ははなはだ芳《かんば》しからざるものがあったが、野心もたくましく幕府要人とのつながりも密接で、むろん伊奈家とのつきあいも良好だったらしい。

「それで、孫娘の輿入《こしい》れもうまくいったということですか……」

「うむ。ま、下野守宗勝の斡旋で弥五佐衛門どのの願望が叶《かの》うたことはたしからしい」

そのとき蒲原弥五佐衛門は、仲立ちの礼として過分の進物をしたが、失礼にあたると思い金子《きんす》は贈らなかったという。

「つまりは、そのときの見返りを求めてきたということですか」

「ま、早くいえばそうなるの」

真柄源之丞は、弥五佐衛門が宗勝に斡旋を頼んだ文《ふみ》と、輿入れがととのうた礼の文を携《たずさ》えてきたという。

「証《あか》しの文ということですな」

「いうなれば、まさしく恐喝、貧すれば鈍《どん》するというやつじゃ！」

一竿斎は口をひんまげて吐き捨てた。

「とはいえ、弥五佐衛門どのも、これが表沙汰《おもてざた》になれば伊奈家に対しても面目がたたぬし、輿入れさせた孫娘に障《さわ》りがあっても困るゆえ、とりあえず手元にあった五百両を出したそうな」

「ほう、五百両とはまた……」

「なに、蒲原家としてはさほどのことはないらしいが、真柄源之丞は涼しい顔で受けとると、では、いずれ、また、とぬかしたそうな」

「ははぁ……」

「しかも、弥五佐衛門はそのときの文を返してくれるよう求めたらしいが、これは大殿から預かってきた大事な文ゆえ、渡すことはできぬと突っぱねよったらしい」

「つまり、やつにとっては打ち出の小槌《こづち》のようなものですな」

「そうよ。だからこそ、わしが出向いてきたのよ。きゃつめを生かしておいては多くの人の災いの種になろう。剣で身を立ててきたものとしてほうってはおけぬゆえな」

「いかにも捨ておくわけにはまいりませぬ」

すぐさま迷いもなく平蔵はうなずいた。

神谷の家を出たときから武門の意地や、しきたりなどという煩《わずら》わしいものも捨て、江戸の市井《しせい》に生きる一介の男になる覚悟で暮らしているが、父から受けついだ血まで捨てたわけではない。

また、佐治一竿斎から教わった剣の道は今も平蔵の五体に脈々と息づいている。世の正邪《せいじゃ》、是々否々《ぜぜひひ》を糺《ただ》すためにこそ剣はあると信じてもいる。

「よいか、平蔵。この泰平の世では剣など日頃は無用のもの、腰の飾り物じゃが、かかるときにこそ遣《つか》わねば無為徒食の無頼《ぶらい》の輩《やから》にひとしい」

佐治一竿斎は六十路の老人とは思えぬ、鋭い眼光をみなぎらせた。

四

――夕刻。

まさかに師を湯屋にやるわけにはいかず、汗だくになって風呂に水を汲《く》みいれ、薪《まき》をくべて風呂を沸かすと、一竿斎は太一といっしょにえびす顔で入浴した。

人見知りする太一が師には不思議になついて「おじいちゃん」と呼んで甘える。それがまた、師にはうれしいらしく、上機嫌な笑い声が台所にまで聞こえてくる。

平蔵は着物の裾《すそ》を尻からげし、飯炊《めした》きの火加減を見ながら、七輪《しちりん》で鰯《いわし》の干物を炙《あぶ》ったり、表で塩辛《しおから》の棒手振《ぼてふ》りの声がすると烏賊《いか》の塩辛を買いに駆けだした。

さいわい一竿斎が当座の食い扶持だといって五両もの金を渡してくれたので、師の好物である鮑《あわび》の塩辛と、太一のためにアミエビの塩辛も買いこんだ。

　やがて、風呂からあがってきた太一がフリチンのままで駆け寄ってきた。

「ちゃん、おじいちゃんが呼んでるよ」

　急いで座敷にもどってみると、一竿斎もおなじくフリチンのまま廊下にあぐらをかいて、庭を眺めていた。

「先生。そのままでは風邪をひかれますぞ」

「なにをいうか。これくらいのことで風邪を引くようなヤワではないわ」

　にべもなく一喝された。

　とはいえ、はいそうですかとほうっておくわけにもいかない。

　ともかく奥の八畳間においてある篠の簞笥《たんす》の引き出しをあけて、替えの浴衣《ゆかた》か単衣物《ひとえもの》でもないかと、なかをひっかきまわしていると、玄関で女の声がした。

「あら、可愛い坊やね……」

「おかめ湯」の女将《おかみ》の声だと思う間もなく、由紀がフリチンの太一を抱きあげて八畳間に入ってきた。

「おや、ま、何か探しものですか……」

「う、うむ、なんぞ男物の着替えがないかと思ってな」

　縁側でおおあぐらをかいているすっぽんぽんの佐治一竿斎を、おれの剣の師匠だと目でしゃくってみせた。

「あら、あの御方が……おたけさんからお聞きしましたわ」

由紀は愛想よく小腰をかがめ、抱いていた太一をおろすと、にこやかに師に挨拶《あいさつ》してから押し入れの襖《ふすま》をあけて、苦もなく平蔵の浴衣と紐《ひも》をとりだした。

「あとは、わたくしがいたしますから、平蔵さまはお師匠さまのお相手をなさっていてくださいまし……」

いつの間にか、せんせいが、平蔵さまに降格していた。

むろん師匠の前では降格もやむをえない。

由紀はきびきびと箪笥の引き出しから替えの褌《ふんどし》を二本とりだして平蔵に手渡すと、帯紐で襷《たすき》がけになって台所におりていった。

奇妙にも太一は、由紀をおもんと重ねあわせているらしく、すっぽんぽんのままでまつわりついて離れない。

由紀は太一が脱ぎ捨てた着物を「今夜はこれで我慢しなさいね」と言い聞かせて着せつけると、竈《かまど》の火を落とし、てきぱきと夕食の支度にかかった。

一竿斎はさして驚くようすもなく、由紀のほうを目でしゃくり、「おまえはとんと銭には縁のない男だが、奇体《きたい》におなごにだけは恵まれておるのう」と宣《のたまわ》り、ニヤリとした。

由紀が手早く鰯の干物と塩辛で酒肴《しゅこう》の支度をととのえていると、表通りを「ええ、豆腐はいらんかいねぇ、豆腐ぃ」という担ぎの豆腐屋の売り声がした。

すぐさま、由紀は巾着《きんちゃく》と丼を手に駆けだしていって油揚げと豆腐を買ってきた。

豆腐は八つに切って冷や奴にし、油揚げは竈の落とし火で炙ったアツアツに醬油《しょうゆ》をジュッとかけて短冊《たんざく》に切って出してくれた。

香ばしい醬油の匂いがする油揚げが、師にはいたく気にいったらしい。

「これさえあれば肴《さかな》はなにもいらぬわ」

ご機嫌で酒をぐいぐいと飲み干している。

太一は由紀にへばりついて離れようともせずに飯をぱくついている。

どうやら太一はひとをみて、呼び方を変えるようだった。

おもんが、おばちゃんなら、由紀はなんと呼ぶつもりだろう。

——まさか、おねえちゃんでもなかろうな……。

由紀は太一の面倒をみながら、にこやかに二人に酒の酌《しゃく》もしてくれる。

一竿斎はおあぐらをかいて上機嫌になって、小粋《こいき》な端唄《はうた》まで披露《ひろう》してみせた。

そのうち太一がこっくりこっくり舟を漕《こ》ぎはじめたのをみて、由紀は八畳間に布団を敷いて寝かしつけた。

やがて一竿斎も舟を漕ぎはじめ、由紀は膳の皿小鉢を手際よく片づけると、十畳間に寝具を敷いてくれた。

五

「いや、今日はいかい世話になったな」

平蔵はそれぞれの布団で師と太一が熟睡したあと、土間の囲炉裏端《いろりばた》で二人で茶を飲みながら由紀に礼をいった。

「この坊主ひとりでも往生していたところに、お師匠にまでおしかけられてはたまったもんじゃない。そなたが来てくれなんだら、いまごろはてんやわんやでぶっ倒れるところだった」

「ま、あれくらいのことなんでもありませんわ。お気になさらないでくださいまし……」

由紀はこともなげに笑ってみせた。

「わたくしもひさしぶりに愉《たの》しい思いをさせていただきましたわ」

そういうと、しみじみと、つぶやくようにもらした。

「家におじいちゃまがいて、坊やがいるなんて暮らしは、これまで一度も味わったことがありませんでしたもの……」

「ン……」

その声音《こわね》のさみしさに平蔵は思わず胸をつかれた。

「たしか、ご亭主は五年前に身罷《みまか》られたそうじゃな」

「はい。嫁いだ翌年に風邪をこじらせて寝込んで、それきり呆気《あっけ》なく……」

「ふうむ……」

「せめて、ややでも産んでいればと思いましたけれど、もともと躰のひ弱いひとでしたから……」

「しかし、そなたなら嫁に欲しいという者はいくらでもあったろうが」

「え、ええ……でも、あんな湯屋でもごひいきにしてくださるおひとがたくさんいらっしゃいましたし、つぶすわけにもまいりませんもの」

「そうか、［おかめ湯］はそなたでもっているという評判だからの」

「いいえ、そんな……」

由紀は羞じらって、急いで打ち消した。

「それに実家に出戻ったところで、うちには嫂《あによめ》もおりますから、厄介者になるだけですもの」

「そうか、たしか由紀どのの父上は武士だったな」

「はい。高槻藩《たかつきはん》の藩士でしたが、わたくしが子供のころ、藩の政争に巻き込まれて浪人いたしましたの」

「おれも旗本の次男坊だが、他家に養子に出されるのが嫌で、医者をしておった叔父の養子になったはいいが、とんと銭儲けは下手《へた》でな。いまだにうだつがあがらん」

「ま……」

「ようやっと妻を娶《めと》ったものの、実家の事情で離別し、いまの妻も身籠もったはいいが、流産しかけてな。女中のいる生家にもどって養生しておる始末よ」

「あら、それじゃ何かにつけて、ご不自由ですわね」

「なに、わしはひとり暮らしが長かったゆえ、一向に苦にはならん。風呂は「おかめ湯」に行けばすむし、この界隈《かいわい》は飲み食いにはことかかぬゆえな」

由紀はくすっと忍び笑いした。

「殿方はそれですみましょうが、おなごはそういうわけにはまいりませぬわ」

「そうか……湯屋は朝は早いし、夜も遅い商売だからな」

湯屋は明け六つ（六時）から、夜は五つ（八時）に火を落とすまでぶっとおしの商いで、大晦日《おおみそか》には一晩中客がくる。

薪割りに風呂焚《た》きの男、二階には囲碁《いご》や将棋《しょうぎ》ができる休み処に茶や煎餅を運ぶ女中もいるし、飯の支度をする女中もいる。

まだ二十五歳の由紀が一人で切り盛りするには荷が重いにちがいない。

「でも、忙しいのはいっときのこと、それほど辛《つら》いとは思いませんけれど……」

由紀は遠いまなざしになって、つぶやくようにいった。

「食べるのもひとり、寝るときもひとり……きっと死ぬときもひとりなんでしょうね」

「なにをいう。そなたは、まだまだ三十路《みそじ》前の女盛りではないか。そのうち、よい連れ合いに恵まれよう」

「いいえ、おかしな男にかかわって苦労するくらいなら独り身のほうがましですもの」

時の鐘が五つを告げたのをしおに、由紀は腰をあげた。

「そうそ、坊やがおねしょしないよう気をつけてあげてくださいましね」

「なに、寝小便ぐらいどうということはない。おれは寝小便の常習犯だったからな」

由紀がくすっと忍び笑いをもらした。

平蔵も腰をあげて、由紀を送って出た。

月が出ていたが、浅草とはいってても寺町の界隈はひっそりと闇につつまれている。

平蔵は心地よい夜風に酔いをさましながら下駄を突っかけて、由紀といっしょに田原町の角まで歩いた。

由紀はつつましく、平蔵のあとからついてきたが、「おかめ湯」の行灯《あんどん》が見えると、つと足をとめて平蔵を仰ぎ見た。

「また、暇をみてお手伝いにまいってもよろしいでしょうか」

「ああ、坊主もなついているようだし、おれのほうも助かるが、無理せんでくれよ」

「いいえ、わたくしも息抜きになりますもの」

「ふふ、そうか。おれもおかげで息抜きができるというものだ」

「あら……」

由紀はくすっと笑うと「おやすみなさいまし」と丁寧に小腰をかがめ、頭をさげてから背を向けて小走りに角を曲がっていった。

その後ろ姿のなんともいえぬ寂しさに平蔵は胸をつかれた。

繁盛している「おかめ湯」をきびきびと切り盛りしている由紀の後ろ姿に、おなごの独り身という翳《かげ》りが色濃くにじんでいた。

――ひさしぶりに愉しい思いをした……。

という言葉は、由紀の偽りのない本音だったんだろうなと思った。

もう間もなく初夏とはいえ、夜はまだ肌寒い。

まだ風呂の湯は落としていないが、焚き直さないと入れないだろう。

ぶるっと身震いして、平蔵は踵《きびす》を返した。

六

――翌朝。

平蔵はキャッキャッとはしゃいでいる太一の声に目をこじあけた。

燦々《さんさん》とさしこむ朝の光がまぶしい。

躰に昆布《こぶ》巻《ま》きのように巻きついている掻巻《かいまき》をひっぺがし、半身を起こすと声のするほうを渋い目で見やった。

裏庭で扇子を片手にした佐治一竿斎が、火吹き竹をつかんだ太一を相手にしている。

「さぁ坊主、かかってこい」

「いいの、おじいちゃん。ほんとにぶつよ」

「よいとも、わしをうまくぶてれば褒美《ほうび》に一文やる」

「どこでもいいの」

「おお、かまわぬよ」

「ほんとにほんとだね！」

太一は一丁前の侍みたいに火吹き竹の端を両手でつかみ、がむしゃらに殴りかかった。

むろん、師はひょい、ひょいとかわす。

――やれやれ、お師匠も物好きな……。

平蔵は苦笑いし、大欠伸《おおあくび》をひとつしてから、のっそりと起きだした。

そのとき、玄関で男の訪《おとな》う声がした。

まさか、朝っぱらから患者じゃあるまいなと舌打ちして出てみると、羽織袴に両刀を腰にさした成宮圭之助が佇《たたず》んでいた。

「おう、これは……」

「かように朝早くからお伺いしてもうしわけありませぬ」

成宮圭之助は月代《さかやき》を青々と剃《そ》り上げた頭を深ぶかとさげた。

「ははぁ、どうやら、そのようすでは水無月藩に帰参なされたようですな」

「いいえ。帰参したわけではなく、真柄源之丞の始末がつくまでの用心棒でござる」

「なるほど、やはり真柄源之丞のことは水無月藩の災いの種になっているようですな」

「は、しかし、神谷どのがどうしてまた真柄源之丞のことを……」

「ま、とにかくあがられよ」

七

「ほう……婆娑羅者《ばさらもの》、とな」

平蔵は思わず、目を瞠《みは》った。

「はい。源之丞は幼いときからひとのいうことには耳を貸さず、したい放題のわがままもので、父親の安藤采女正も手を焼いておりましたが、なにせ、安藤家は藩草創来の名門ゆえ、次男の源之丞を子のない真柄家に養子におしつけたと聞いております」

なにかにつけて口うるさい実父よりも温厚な真柄善兵衛のほうが気楽ということもあったが、源之丞は真柄家の家紋である鬼牡丹が気にいったらしく、十五歳のとき真柄家の養子にはいったという。

安藤家の家紋は穏やかな算木紋《さんぎもん》で、それなりに由緒ある家紋だが、婆娑羅者の源之丞には気にいらなかったらしい。

養子にはいった源之丞は早速、着衣はもちろん、布団にも鬼牡丹の柄を染めさせたという。

「ははぁ、なんとも子供じみたやつじゃな」

濡《ぬ》れ縁《えん》であぐらをかいて太一を座らせ、話を聞いていた佐治一竿斎が吐き捨てた。

「おおかた、あやつは鬼面、人を驚かすことを楽しむというたぐいの男じゃろう。婆娑羅者というよりは始末に悪い痴《し》れ者よ」

ところが下野守宗勝は、その源之丞のどこが気にいったのか、なにかにつけて庇《かば》っていたという。

藩に断りもなく、武芸精進のためと書き置きを残したまま脱藩した真柄源之丞に追っ手もかけさせず放置したらしい。

しかも、その真柄源之丞がだしぬけに水無月にもどり、下野守宗勝の隠宅を訪れ、密談をかわしたあと、ふたたび藩外に出たということだった。

「というと、蟄居中《ちっきょちゅう》の先の殿と談合のうえで江戸に現れたということか」

「さよう。御家老も義父もそうみておるようです。なにせ、先の殿はまだまだ生臭い御方ゆえ、なんぞ画策しておられるのではあるまいかと案じておられるようです」

「ははぁ、つまりは政権奪還じゃな」

佐治一竿斎が苦笑した。

「はい。今の殿は大殿の御子なれど折り合いはあまりよくはなく、まだ三歳の次男を目にいれても痛くないほど可愛がっておられたと聞いております」

「なに、ままあることよ」

一竿斎はこともなげにうなずいた。

「ひとの欲というのは骨になるまで涸《か》れぬというからの」

「しかし、真柄源之丞がいくら婆娑羅者といっても、藩主の暗殺にまで手を出すとは思えないがな」

「それがしもそう思いますが、なにしろ先の殿は蟄居の身とはいえ、目離しのできぬ御方ゆえ、殿が江戸に在府中は殿の身辺警護を引きうけてくれぬかともうされまして……」

「…………」

「真柄源之丞は藩でも聞こえた遣い手だったゆえ、殿に万が一のことがあってはならぬと義父からも頼まれては断るわけにもまいりませぬ。それに、手前はともかくとして由乃の身柄を藩の江戸屋敷に住まわせておくほうが安心と存じましてな」

「ううむ、たしかに……」

　平蔵もおおきくうなずいた。

「ところで成宮どのは真柄源之丞とは面識がおありですかな」

「ええ、向こうは上士の子弟で、手前は郷方廻りの下っ端ゆえ、面と向かって顔を合わせたことはありませぬが、若いころは何度か城下ですれちごうたことはあります……」

「ならば目鼻立ちぐらいは覚えておいでだろう」

「は、それは……」

「よし、それじゃ、すこしつきあってもらおうか」

平蔵は太一を師にあずけて、成宮圭之助とともに佐久間町の雪乃の家に向かった。

八

雪乃は仕事中だったが、平蔵が成宮圭之助とともに訪れると、快く真柄源之丞の人相書きに筆をとってくれた。

平蔵の記憶よりは成宮圭之助のほうが面識があるだけに、真柄源之丞の面立《おもだ》ちはくわしく知っていた。

――半刻（一時間）後。

仕上がった線描《せんびょう》は成宮圭之助が目を瞠るほど精緻《せいち》で、真柄源之丞に酷似した似顔絵だった。

「ううむ……さすがは雪乃どのだ」

感嘆した平蔵は些少《さしょう》ながらと一両を画代として差し出したが、雪乃は滅相もございませんと固辞して受けとらなかった。

屋敷に戻るという成宮圭之助と別れて、本所の料理茶屋［すみだ川］の女将おえいに似顔絵を渡し、おえいの亭主で斧田同心の岡っ引きをしている常吉の手から斧田に渡してくれるよう頼んだ。

「あら、こんな役者みたいないい男が悪党なんですか」

おえいは目を瞠った。

「ああ、お縄になってもよけりゃ、常吉と取っ替えてもいいぞ」

茶を馳走《ちそう》になりながら平蔵がおえいをからかっているところに、常吉を従えて斧田がやってきた。

「おい、神谷さんよ。あの梵天丸がまた現れやがったぜ。それも今度は日本橋の薬種問屋［博多屋《はかたや》］だ」

「ほう、唐渡《からわた》りの鹿茸《ろくじょう》か麝香《じゃこう》でも密輸していたのかね」

鹿茸も麝香も大名や金のある商人が大金を払っても欲しがる強精薬である。

「いや、強請《ゆすり》のネタが何かまではわからねぇが、二千両もの大金を黙って渡したらしい。もっとも博多屋じゃ、相模屋とおんなじで知らぬ存ぜぬの一点張りでシラを切ってやがったが、千両箱が二つも金蔵から消えたてんで番頭が青くなってたそうだ」

「ははぁ、シラを切ってたというのは後ろ暗いところがあるからだろうな」

「ともかく相模屋も博多屋も店の裏は川筋になってやがるから、金は舟で運んだんだろうよ。いま、常吉の手の者に川筋を洗わせてるところだ。やつらの塒《ねぐら》は大川沿いにあるにちがいねぇ」

「大川を出れば、川筋にも海辺にも大名の下屋敷や蔵屋敷がひしめいている。もしかしたら、そのあたりに潜りこんでるのかもな」

「ううむ。そうなると町方の手には負えなくなる」

「ふふふ、スッポンの斧田晋吾が弱音を吐いてどうする」

揶揄《やゆ》しておいて、真柄源之丞の似顔絵ができたと告げてやると、途端に斧田は気合がはいってきた。

すぐにも版元に頼んで似顔絵を刷りあげさせ、江戸市中の自身番に配布するという。

「相模屋か博多屋にこいつを見せてやりゃ、どんな面《つら》するか見ものだぜ」

「なあに、向こうは海千山千《うみせんやません》の商人だ。顔色ひとつ変えないだろうよ」

おえいが酒肴の用意をするというのを断って平蔵は自宅に引き上げた。太一をあずけっぱなしで酒の匂いをさせて帰ったら、師になんといわれるかわかったものじゃない。

第九章　暗黒の世界

一

――その夜。

留松《とめまつ》はほろ酔いの千鳥足《ちどりあし》で深川を東西に割って流れる小名木川《おなぎがわ》の高橋《たかばし》にさしかかった。

留松の本業は桶職人《おけしょくにん》だが、北町奉行所の斧田同心から十手《じって》を預かっている岡っ引きの常吉の下っ引きでもある。

この数日、留松は常吉に命じられて大川筋を行き来する船頭たちに、夜中に数人の浪人者が乗った川船を見かけなかったか聞き込みにまわっている。

昨日までは無駄足におわっていたが、今日は夕方になって一人の釣り船の船頭から、三隻の川船が浪人者を何人か乗せて大川を下っていったのを見かけたと聞いたのである。

しかも、その川船は三葉葵《みつばあおい》の旗印を掲げていたという。

大川を下った海沿いには将軍家の濱御殿《はまごてん》と、尾張家の下屋敷、それに紀州家の下屋敷がある。

おそらく、そのどこかに向かう川船だろうと船頭はいった。

その川船は船頭のほかに二人か三人の侍しか乗っていないにもかかわらず、何か重い荷を積んでいるとみえ、船足はおそろしく遅かったという。

ただ、それだけのことだったが、常吉親分の住まいでもある料理茶屋「すみだ川」にもどって常吉にそのことを告げると、常吉は「よくやった」と小遣《こづか》いに二分もくれてから、急いで斧田同心のところに出向いていった。

おまけに常吉の女房のおえいまでが、留さん、ご苦労だったわねと酒をたんまり振る舞ってくれたのである。

留松の住まいは仙台堀《せんだいぼり》沿いの西平野町《にしひらのちよう》にある俗にいう九尺二間《くしやくにけん》の裏店《うらだな》である。

帰ったところで女房がいるじゃなし、敷きっぱなしの冷え冷えとした煎餅《せんべい》布団にもぐりこむだけのことだ。

ほろ酔い気分で、夜風にさらされながら高橋を渡っていると、急にぞくりと寒気がしてきた。

——いけねぇ、風邪でもひいちまったかな……。

ぶるっと身震いした留松はおおきなクシャミをした途端、急に尿意をもよおした。

橋を渡りきったところで裾《すそ》をまくって勢いよく放尿していたときである。

「あ、あの……おまえさま」

背後から女の声がためらいがちに呼びかけてきた。

「ン……」

小便を勢いよく川面《かわも》にはねながら、留松は首をひねって振り向いた。

いつ、どこから現れたのか、下駄履《ば》きの女が留松の背後にひっそりと佇《たたず》んでいる。

髪を島田髷《しまだまげ》に結い上げ、藍色《あいいろ》の行儀鮫《ぎょうぎざめ》を染めあげた小袖《こそで》を身につけ、黒繻子《くろじゅす》の帯をしめて素足に下駄をつっかけている。

ほんのり薄化粧をしているらしく白粉《おしろい》の匂いはしたが、口紅は差していなかった。

「どうかしなすったかい」

時刻が時刻である。おまけに留松は小便をはねている最中だ。

道にでも迷ったのかと思ったが、女はつきつめたような表情でささやきかけた。

「もし、よろしければ……あの、わたくしを買っていただけませぬか」

いまにも消え入りそうな声だった。

「な、なにぃ……」

留松は急いで小便のしずくを切ってから、一物《いちもつ》を褌《ふんどし》にもどし、女のほうに向き直った。

見たところ、武家女のように品がいい。とてものことに夜鷹《よたか》には見えない。

「あんた……いま、おれに買ってくれといったが、なにを買えっていったんだい」

「は、はい……あ、あの、わたくしではお気に召しませぬか」

伏し目がちに訴えかけるようにささやいた。

――へっ、今度は、お気に召しませぬか、ときやがったぜ……。

留松は面食らった。

「い、いや、とんでもねぇ……」

留松、あわてて片手をふって、まじまじと女の顔を見つめた。

目鼻立ちも品よくととのった、とびきりの別嬪《べっぴん》だった。

おまけに夜目にもぬけるように白い肌をしているし、帯の下からせりだした腰まわりにもみっしりと脂《あぶら》がのっている。

「け、けどよ。あんたみたいな別嬪さんが、なんでまた……そんな」

――夜鷹の真似なんぞ……。

いいかけて言葉を呑みこんだ。

「お恥ずかしゅうございますが、わたくしはあしたの糧《かて》にも困り果てておりますゆえ……」

いいさして女はひたと留松を見つめた。

「お見かけしたところ、お人柄もよく、おやさしい御方とお見受けいたしましたので、それで……」

「…………」

どうやら切羽《せっぱ》つまって肌身を売る覚悟で声をかけてきたらしい。

「あの、お代金はいくらでもかまいませぬ」

か細い声だった。

――へぇ、こいつはタナボタもんだぜ……。

「お、おう、わかった。みなまでいうな」

留松、ポンと胸をたたいた。

さいわい、さっき常吉親分から当座の小遣いにしろともらった二分もある。こんな上玉を抱けるんなら、一分でも安いもんだ。

「おいらは桶職人で身持ちのかてぇ男でよ。おまけに一人もんとくらぁ」

威張るほどのことでもないが、目一杯、おのれを売り込んでおいてから、もう一度、留松はじっくりと女の品定めをした。

病い持ちでもなさそうだし、肌も荒れてはいない。どうやら食いつめたあげくの果てに夜鷹に身を落とした口あけらしい。

留松は千両富の一番籤《いちばんくじ》にでもあたったような気分になった。

薄化粧した女はおずおずと羞じらうように留松に近寄ってきた。

下駄を履いた白い素足がなんともいえず色っぽく、黒繻子の帯からせりだした臀《しり》のふくらみも申し分がない。

「いいともよ。なんならおいらの家に来たっていいんだぜ。今朝炊《た》いた飯だってあるからよ」

「いいぇ、さっき蕎麦《そば》をいただきましたゆえ。もし、よろしければわたくしの住まいにお運びくださいませぬか」

言葉遣いの品のよさからみて、女はやはり武家育ちのようだった。

――住まいだとよ。こいつぁ、とてつもねぇ上玉だぜ。

「おい、いいのかい。おいらみてぇな男を連れこんでも……」

「は、はい。昨年、夫を亡くした独り身でございますから……つい、そこの霊巌《れいがん》寺《じ》裏の長屋までお運びくださいまし」

――お運びくださいまし、ときたか……。

まちがいない、こいつは正真正銘、武家育ちの女だぜ。

「わ、わかった」

留松、ゴクンと生唾《なまつば》を呑みこむと腕をのばして、やわらかに撓《しな》う女の肩を抱きよせた。

「いいともよ。あんたみたいな別嬪さんにそうまでいわれちゃ、地獄だろうとどこだろうとついていこうじゃねぇか」

女は、一瞬、息をつめて身をこわばらせたが、すぐに観念して留松の品定めを許容するかのように緊張の糸をといた。

女の住まいは、おきまりの九尺二間の裏長屋だった。

腰高障子をあけると一畳半の土間があり、四畳半の部屋に布団が一組畳んである。

部屋の隅に箱膳がひとつ置かれているところを見ると、女がいうとおりひとり暮らしのようだった。

女は先にはいると、行灯《あんどん》に灯をともし、留松をうながした。

「むさくるしいところですみませぬ」

「なぁに、おいらも長屋住まいよ」

畳んであった煎餅布団を敷いている女の臀のふくらみを目でなぞりながら、留松は待ちきれないように腕をのばして、女の腰をぐいと手繰《たぐ》りこんだ。

「あ……」

女はかすかな声をもらしたが、すぐに留松の胸にすがりついてきた。藍色の小袖の裾がわれて、赤い腰巻の下から目にしみるような白い足が跳ね出した。

留松は待ちきれないように女の襟前《えりまえ》から手をこじいれて、胸のふくらみを掌《てのひら》につかみとった。すこしのゆるみもないふくらみが、手鞠《てまり》のように留松の掌のなかで弾んだ。

女はおおきく息をひいて目をとじると、睫毛《まつげ》をふるわせた。つかんだ乳房から脈うつ鼓動《こどう》がせわしなくつたわってきた。

留松は女の唇を吸いつけつつ、乳首を指でつまんだ。女はかすかな声を漏らすと、おずおずと腕を留松のうなじにまわしてきた。

留松はがむしゃらに女の裾前を割って絹のようになめらかな内股に手をのばした。羽毛のような柔らかな草むらは熱い露《つゆ》をふくんで、あふれんばかりだった。

腰をひきつけると、凝脂《ぎょうし》にみちた双つの臀がひんやりと掌のなかで弾んだ。

二

――半刻（一時間）後。

留松は煎餅布団のなかで胸に頬を埋めている女の肌身を、飽きることなく優しげに愛撫していた。

ふたりとも一糸《いっし》まとわぬ裸身であった。

女の島田髷は元結いもほどけ、長い髪の毛が留松の躰にもまつわりついている。

しっとりと汗ばんだ女の肌はひんやりとしていたが、掌に吸いついてくるような弾力があって肌理《きめ》もこまかかった。

「おめぇ、なんてんだい」

「え……」

「おれはな。留松てんだ。しがねぇ桶職人だがよ。日当は銀五匁《もんめ》、月二両にはなる」

「ま……そんなに」

「ああ、だからよ。女房のひとりぐらい楽に食わせられるんだぜ」

留松は女の腰をぐいとひきつけると真顔になった。

「どうだい、おれの女房になっちゃくれねぇか」

「お、おまえさま……」

「よせやい。おめぇみてぇな女におゝまゝえゝさゝまゝなんていわれるとケツの穴がむずむずしてくらぁな」

「でも、わたくしのような……」

「なにいってんだい。おらぁ本気だぜ」

留松は女の唇を吸いつけているうちに、また兆《きざ》してきた。

「な、いいだろ……な、な、うんといってくんねぇか」

女はまじまじと留松をみつめ、え、ええ……と、かすかにうなずいた。

「いいんですか。ほんとうに……」

つぶやくようにいうと、ひしと留松の胸に頬をすりよせた。

「お、おお……いいともよ」

留松は女の乳房に顔をうずめこむと、しゃにむに女の腰を割った。

女はおずおずと足をひらいて留松を迎えいれると、消え入るような声でささやいた。

「おまえさま……」

女の睫毛がかすかに震えた。

行灯の芯がチリチリと焦《こ》げて、ふっと燃えつきた。

薄墨を溶き流したような暗闇のなかで、くぐもったような女の声が糸をひいて流れた。

そのとき、表の戸障子がカタリと鳴った。

三

明るい朝の陽射しが降りそそぐ大川の畔《ほとり》で、斧田同心と常吉は川船から引き上げられる二つの屍体を暗い眼差しで見守っていた。

屍体のひとつは留松だったが、もうひとつは女だった。

女は霊巌寺裏の長屋に住んでいた浪人者の妻らしい。

常吉の聞き込みによると、女は松乃《まつの》という名だったが、一年前に夫を亡くしてからは桂庵《けいあん》に勤め口を世話してもらい、あちこち働きに出ていたようだ。

しかし、どこの店にいっても主人に目をつけられるので、女将《おかみ》に憎まれてやめさせられてしまうという。

長屋でも男どもが女房の目を盗んでは夜這いにくるので、居づらくなっていたらしい。

食うに困っていたところ、おなじ長屋の夜鷹にすすめられて客の袖を引くようになったそうだが、前金ももらわず乗り逃げされることもあったという。

斧田は暗い目になって、茣蓙《ござ》のうえに寝かされた女の屍体を検死した。

松乃は裸のまま当て身を食らい、運びだされた末、袈裟懸《けさが》けに斬殺されたようだ。

「別嬪すぎるのもよしあしってことか」

「へい、気弱すぎるのもよしあしでやすね」

「これだけの器量よしだ。留の野郎、さぞ有頂天《うちょうてん》になったろうよ」

「そりゃもう……いい冥土《めいど》の土産《みやげ》になったにちげぇありませんや」

留松のほうはどこかに連れ去られ、責め問いにかけられたとみえ、全身に打ち身の痕がついていた。

さいごに心ノ臓を刺し貫かれて絶命したようだった。

「留松が探ってたのは例の梵天丸一味の足取りだったんだろう」

「へい。どうやら一味の船は三葉葵の旗印を掲げて大川を海に向かって下っていたってぇから、厄介なことになりやすねぇ……」

「なぁに、真柄源之丞も、水無月の隠居も尾張とつながってやがる。と、なりゃ塒《ねぐら》はひとつ、尾張の下屋敷よ」

斧田は顔をあげて西の彼方《かなた》に目を向けた。

「屋敷内に手出しはできねぇが、もぐらはいつかは這い出してくるものよ。ぬかるな」

「合点でさ。こうなりゃ留の仇討《かたきう》ちだ。鼠《ねずみ》一匹も見逃しゃしませんぜ」

「うむ……」

斧田は二人の屍体に莫蓙をかけると片手拝みしてから腰をあげた。

「留にゃ親はいねぇのかい」

「いえ、たしか下総《しもうさ》のほうに母親が一人いると聞いてましたぜ」

「馬鹿野郎。母親は一人いりゃ沢山《たくさん》だ」

斧田は巾着《きんちゃく》から小判を二枚つまみだして常吉に渡した。

「寺のほうは奉行所でなんとかしてやるから、金は母親に届けてやってくれ」

「へ、へい……」

常吉はくしゅんと鼻水をすりあげた。

四

海に面したその一画には武家屋敷が軒を連ねている。

将軍家の保養所でもある濱御殿の北側には尾張家の下屋敷があり、南側には紀州家の下屋敷がある。

尾張家の上屋敷は江戸城の西側にあたる市ケ谷《いちがや》御門の前、中屋敷はすぐ近くの四谷《よつや》御門の前、外濠《そとぼり》を挟んで紀州家上屋敷と向かいあっている。

尾張家はほかにも戸山《とやま》に広大な下屋敷をもっているが、大半の藩士は上屋敷と中屋敷にいるため、下屋敷には留守居の侍がいるだけで、これという仕事もない閑散としたものだった。

真柄源之丞は下野守宗勝と親しいと聞いていた尾張藩の中屋敷にいる天野主税という小姓組頭を訪ね、下屋敷の留守居役をしている大村頼母《おおむらたのも》に一筆したためてもらうと、金百両を袖の下に贈り、空いている長屋を一棟借り受けたのである。

長屋の二室は源之丞の居間にし、一室は腹心の石丸孫助を住まわせている。

ほかの部屋は石丸孫助が集めてきた五人の腕ききの浪人者にあてがっている。

いずれも剣はそこそこに遣えるが、所詮《しょせん》は金と女に目がない浪人者だった。

手付けの二十両と月に十両の手当で、なんでも引きうけるという無頼《ぶらい》の輩《やから》である。

深川の居酒屋の酌婦《しゃくふ》に金をあたえては長屋に連れこむような手合いだ。

下屋敷の藩士たちも日常はこれといって用もないため、夜遊びに出かけたり、門番に鼻薬をきかせて朝帰りする者もいた。

なかには女中と懇ろ《ねんご》になって屋敷内の築山《つきやま》の木陰や納屋のなかで密会する者もいる。

屋敷の四方は水路と海に面しているため、船着き場から三葉葵の旗印を掲げた船を出せば、自在に江戸市中のどこにでも往来ができる。

真柄源之丞の一味にとってはもってこいの塒であった。

その日、石丸孫助は馴染《なじ》みのおえんという深川の酌婦を呼んで存分に楽しんだあと、金をあたえて帰してから源之丞の部屋におもむいた。

ちょうど、源之丞は一通の文《ふみ》をしたためおえたばかりだった。

「ほう、真柄どのが文とはめずらしい。もしやして艶文《つやぶみ》でもしたためられていたのではあるまいな」

「よしてくれ。わしはおなごなどという生臭い生き物にはとんと興味はない」

「そうかのう……ま、生臭いといえば生臭いが、おなごの柔肌ほど浮世の憂《う》さをはらしてくれるものはほかにはござるまい」

「孫助……」

真柄源之丞はぼそりとつぶやくように漏らした。

「貴公にだけはいうておくが、わしはおなごを抱けぬ身なのじゃ」

「うむ……ならば稚児《ちご》好みか」

「いや……」

——それは、口が裂けてもいいたくはない秘事であった。

「ま、そのことはさておき、どうやら江戸に長居しすぎたらしい。八丁堀のイヌがこの屋敷まわりにもうろつきはじめておる。留守居役も気をもみはじめておるゆえ、そろそろ江戸を離れて上方《かみがた》に行こうと思う」

「なるほど、上方か……」

「うむ。もはや江戸の商人どもには用がなくなったゆえ、ここを払って大坂に向かうつもりだが、その前に過日の借りを返しておかねば気がすまぬ」

真柄源之丞は文の表の宛名を示した。

「ほう……神谷平蔵か」

「うむ。こやつは義兄の仇というばかりではない。心月院前で不覚をとった遺恨がある。このまま捨ておくわけにはいかぬ。貴公には介添《かいぞ》え役を引きうけてもらいたいが、異存はあるまいな」

「おお、もとより……それがしは真柄どのとは地獄の果てまでつきあうつもりだ。しかも、あのとき、それがしも小鹿小平太とやらもうした男に不覚をとっておる」

石丸孫助はぐいと袖をたくしあげ、右腕の刀痕《とうこん》をしめした。

「その果たし状の宛先に小鹿小平太をくわえておいてもらおうか」

「よかろう。二対二の仇討ちとはおもしろい。われらの江戸土産にしてくれよう」

真柄源之丞は筆をとって、表書きに小鹿小平太の名を書き加えた。

「これまで集めた金のうち八百両ほどは費用に使ったが、残りの六千両は両替屋にあずけて為替手形にしておいたゆえ、いつでも大坂の両替屋から受け取れる」

「水無月の御隠居のほうに金は送らんでもよいのか」

「なに、あの欲ぼけの老人には千金ほども送ってやればよかろう。隠居の道楽には過分の遊び金よ」

真柄源之丞は皮肉な笑みを浮かべた。

「あとは西の商人から金を吐き出させるあいだに千石船を調達しておいて大海原に乗りだすつもりだ」

「ははぁ、今度は海賊でもやろうというのかな……」

「まぁな、ゆくゆくは澳門《マカオ》にでも腰をすえて異国の船を襲うのよ。貴公も異国の女を存分に抱けるぞ」

「ううむ、おもしろいのう。異国の女は金色の髪に青い目をしているらしい。どんな声で囀《さえず》るか聞いてみたいものよ」

石丸孫助は気楽に呵《か》々大笑《かたいしよう》した。

そのとき、真柄源之丞の双眸《そうぼう》になんともいえぬ寂寥《せきりよう》がよぎった。

――まだ、源之丞が十六のとき、道場の先輩から立ち合い稽古《げいこ》を挑まれたことがあった。

それは、めきめきと頭角をあらわしはじめた源之丞の鼻をへしおってやろうという悪意が露骨に感じられた稽古だった。

悲劇はその最中に起きた。竹刀《しない》と竹刀がからみあい、あまりの激しさに師範代が止めにはいろうとしたときである。源之丞が面を取りにいった途端、相手の竹刀が片手一本で源之丞の股間に鋭い突きをいれてきた。

――その瞬間。

源之丞は激烈な疼痛《とうつう》を覚え、気を失ってしまった。

十日間、生死の境をさまよったあと、源之丞は医師から密かに男としての機能を失ったことを告げられたのである。

以来、源之丞の気性は一変した。

剣技は飛躍的に上達したが、生来が婆娑羅者《ばさらもの》だった源之丞は義父などの手には負えなくなった。

そして、ついには、かつておのれの男根を潰《つぶ》した先輩を密かに呼び出し、決闘を挑み、一撃のもとに斬《き》り捨てると、脱藩してしまったのである。

女体という、男の英気をなごませる唯一の対象をかえりみなくなった源之丞には、荒涼たる暗黒の世界しか見えなかったのである。

終章　剣士の闇路《やみじ》

一

——その日。

平蔵は未明に床を払い、褌《ふんどし》ひとつになって井戸端で冷水を浴びた。

昨日、真柄源之丞から果たし状を受けとると、師の佐治一竿斎に示し、しばらくのあいだ太一を預かって欲しいと頼んだ。

師は一読して、深ぶかとうなずいた。

「おまえは医師として安楽に過ごすかと思うていたが、どうやら剣だけは捨てきれぬようじゃな」

「は……もうしわけございませぬ」

「ま、よいわ。長く生きたところで、老いさらばえるだけのことよ。万が一のときは骨はわしが拾うてやろう」

平蔵は無言のまま、頭をさげた。

「この真柄源之丞というのは、正味どのような男じゃ」

「さよう……死ぬる道を探しているような男かと見ました」

「ふうむ……」

師は双眸《そうぼう》を糸のように細めた。

「死を恐れぬやつほど恐ろしいものはないぞ。止《とど》めを刺すまでは寸時も油断せぬようこころすることじゃな」

それだけいうと、師は太一をともなって淡々と碑文谷村に去っていった。

太一はよほど師になついていたのか、それとも、なにか逆らいがたいものを感じとっていたのか、ぐずることもなくおとなしく師に手をとられてついていった。

平蔵は昨夜の冷や飯を茶漬けにしてかきこんだあと、愛刀の助広に打ち粉をたたき、刀身に傷がないかをたしかめてから、庭におりて草履《ぞうり》を履《は》くと、何度も素振りを繰り返した。

相手は無外流の真柄源之丞ひとりではなく、いま一人、石丸孫助という居合いの遣《つか》い手もいる。

文《ふみ》によると、石丸孫助は小鹿小平太に過日の借りを返すために同行するという。

真柄源之丞は義兄の鉢谷甚之介が斃《たお》れた深川十万坪の一本杉で、時刻は七つ（午後四時）と指定してきた。

小鹿小平太とは昨日の夕刻会って、八つ半（午後三時）に竹町の渡しの船着き場で落ち合うことにした。

もしも、小鹿小平太が石丸孫助に斃されれば、石丸孫助は真柄源之丞とともに平蔵に立ち向かってくるだろう。

そのときも想定し、平蔵は剣をふりつづけた。

途中で由紀が訪れてきて、廊下に正座し、見守りつづけているのがわかったが、一度も振り返ることなく剣をふりつづけた。

日が中天にかかるころ、平蔵はようやく刃《やいば》を鞘《さや》におさめた。

全身に汗がしとどに噴き出してきた。

平蔵は着衣を脱ぎ捨て、由紀に刀を預けると褌ひとつになって、釣瓶《つるべ》で井戸水を汲《く》みあげ、頭から幾たびも水を浴びた。

心機が静まるまで水を浴びた平蔵はぼうぼうと全身から湯気を立ち上らせ、草履を脱ぎ捨てて、廊下にあがった。

由紀は刀を刀架けに置いて、息をつめたまま見つめていたが、すぐさま手にしていた手拭《てぬぐ》いを何度も取り替えながら、平蔵の全身をすみずみまで拭き清めた。

「果たし合いは夕刻の七つだそうでございますね」

「うむ。果たし状を見たのか」

「いいえ、お師匠さまからお聞きいたしました」

「そうか……」

「下帯《したおび》をお取り替えになりませぬと……」

由紀は真新しい下帯を差し出した。

「買い求めてきてくれたのか」

「はい」

「手数をかけたな」

「いいえ……」

平蔵は濡れた下帯をはずし、新しい下帯と取り替えた。

「すまぬが、すこし眠りたい。床をとってくれぬか」

由紀はすぐに立っていって、十畳間に床を敷きのべた。

「表に不在の張り紙を貼っておいてもらおうか。本日休診でもよいが」

「は、はい……」

由紀はすこし青ざめていたが、きびきびと立っていって玄関に張り紙を貼ると、中から戸締まりをしたようだった。

平蔵は裸身のまま敷き布団に仰臥《ぎょうが》し、夜具をひきあげると双眸を閉じた。

由紀はもどってくると、そっとかたわらに座り、右の腕をのばして平蔵の額からにじみだしている薄汗を指先でいたわるように拭いとった。

目にしみるような白い二の腕からほのかにただよう甘い体臭が、平蔵の嗅覚を鋭く刺激した。

ふいに平蔵の体内に眠っていた猛々《たけだけ》しい雄《おす》の欲望が滾《たぎ》りたった。

しばらく孤閨《こけい》をかこっていたせいもあるが、生死を懸けた決闘に向かおうとする血の高ぶりが由紀の女体を渇望したのだろう。

腕をむんずとのばして由紀の手首をつかみとるなり、ぐいと引き寄せた。

「！……」

一瞬、由紀は声をあげかけたようだが、すぐに柔らかく身を投げかけてきた。

平蔵は夜具をはねのけると由紀の腰をすくいとり、爛々《らんらん》と煌《きら》めく双眸で見すえた。

由紀はまじまじと平蔵を見あげたが、やがておずおずと腕をのばすと平蔵のうなじに巻きつけてきた。

「平蔵……さま」

由紀は声をつまらせ、わななないたが、そのまま、しなやかに腰をよじると仰向けになって平蔵を見あげた。

睫毛《まつげ》がかすかに震え、唇がなかばひらいていた。その唇を平蔵はむさぼるように吸いつけると手を襟前《えりまえ》にさしこみ、乳房のふくらみをさぐりとった。

由紀はかすかな声をもらしたが、抗《あらが》うこともなく片手で帯紐《おびひも》をといて、平蔵の侵入を許した。

由紀の乳房は平蔵の掌《てのひら》にあまるほどだった。女盛りの乳房は女の命にみちあふれていた。

由紀は唇を吸いつけながら、腰をよじって着物を肩からはずした。

着物の裾《すそ》が割れて、赤い二布《ふたの》から白い脹《ふく》ら脛《はぎ》が跳ね出した。由紀はおなごらしからぬ太く、逞《たくま》しい脹ら脛をしていた。

由紀は小刻みに震えながら平蔵の胸に頬を埋め、ひしとすがりついてきた。

平蔵は身を起こし、荒々しく由紀の着物を剝ぎ取った。長襦袢《ながジュバン》の下に透けて見える由紀の裸身はなめらかで、乳房のふくらみはせわしなく息づいている。

薄い長襦袢を透して、白いふたつの太腿がつぼまるあたりに淡い翳《かげ》りがほのかに霞《かす》んで見えた。

長襦袢の紐を解いて腕をのばし、その翳りにふれると、そこは、すでに熱く溢《あふ》れんばかりに潤《うる》んでいた。その潤みのなかに身を沈めると、由紀は全身を鋭く痙攣《けいれん》させ、かすかな声をあげた。

二

一刻（二時間）後、平蔵は熟睡から目覚めた。

素振りの疲れはすこしも残ってはいなかった。心身ともに清々《すがすが》しく、全身に精気がみちみちていた。

台所で包丁を使う音がしていた。

平蔵が起きあがって白い下帯を締め、枕元におかれていた下着をつけていると、由紀があがってきて着付けをしてくれた。

濃い鼠色《ねずみいろ》の筒袖《つつそで》に括《くく》り袴《ばかま》をつけて、紐足袋《ひもたび》を履いた。

豆腐と葱《ねぎ》の味噌汁で飯を一膳、ゆっくりと嚙んで胃袋におさめた。

箸《はし》をおいて由紀を見つめた。

なにかいおうとしたが、かける言葉が見つからなかった。

「なにも申されますな」

由紀はひたと見返すと、鋭くかぶりを横にふった。

「わたくしは何も望みませぬ。ただ、ご無事のみを祈っております」

「うむ……」

平蔵は腰をあげて、部屋にもどり、肥前忠吉《ひぜんただよし》の脇差しを帯に手挟《たばさ》み、師から拝領したソボロ助広を手にした。

上がり框《かまち》に腰をおろし、草鞋の紐を結びおえると、由紀が櫛《くし》で髪を梳《す》いてくれた。

外に出ると陽光はすでに西にかたむきつつあった。

広小路は今日も人で賑《にぎ》わっていた。

竹町の渡しの船着き場につくと、すでに小鹿小平太は先に来て待っていた。

猪牙舟《ちょきぶね》は薬研形《やげんがた》の小舟で船足は速いが、胴《どう》の間《ま》は狭く、客は二人乗せるのがやっとだ。

深川の十万坪までいってくれというと、船頭は渋い目になって二の足を踏んだ。

「あそこからじゃ帰りの客が拾えませんからねぇ。三百文はもらわねぇと……」

「わかっておる。前金で一分出すゆえ、所用がすむまで扇橋《おうぎばし》のあたりで待っていてもらいたい。待ち賃は別に払うぞ」

一分銀を見た途端、現金なもので船頭はえびす顔になった。

「へっ、そりゃもう、半刻が一刻でもようがすとも……」

「ただし、半刻過ぎても戻らぬときは帰ってもよい」

「へ、へい……」

舫《もや》い綱を解きながら船頭はにんまりした。

「へへへ、なにせ、あのあたりは武家屋敷がおおござんすからねぇ。お女中との逢い引きにゃもってこいでやすよ」

ひとり合点している船頭に二人は思わず苦笑いした。

三

猪牙舟の船足は速く、水戸家《みとけ》下屋敷の角を右折すると源森川《げんもりがわ》に沿って小梅瓦町《こうめかわらちょう》のはずれでふたたび右折した。

横川《よこかわ》をまっすぐに南下し業平橋《なりひらばし》、法恩寺橋《ほうおんじばし》、北中之橋《きたなかのはし》、北辻橋《きたつじばし》をくぐり、竪川を越えるとあとは小名木川の扇橋まで一気に下った。

船頭は行き交う荷船を巧みによけながら櫓《ろ》を漕《こ》いで、四半刻後には扇橋の船着き場にたどりついた。

平蔵と小平太は大名の下屋敷が塀をつらねている小名木川沿いの道を一丁あまり歩いて八右衛門新田《はちえもんしんでん》の明地《あけち》にはいり、十万坪に向かった。

十万坪は新緑の季節を迎え、伸びはじめた芦《あし》や薄《すすき》の新芽と萌《も》えだした雑草で覆《おお》いつくされている。

「ほう、江戸にこんな広大な明地があるとはおどろきましたな」

小鹿小平太は嘆声をあげた。

「なんの、その先の細川越中守《ほそかわえっちゅうのかみ》下屋敷の東側には六万坪の明地がござるよ」

「ふうむ……これだけの土地があれば軽輩の十人や二十人、いや、もっと召し抱えられそうじゃ」

「たしかにな……」

そのとき、時の鐘が七つを告げるのが聞こえてきた。

ふたりは無言でうなずきあい、彼方《かなた》に聳《そび》える一本杉を目ざした。

真柄源之丞と石丸孫助はすでに一本杉のかたわらに腰をおろして待ち受けていた。

しかも、二人の左右には三人の浪人者がひかえている。

平蔵と小平太が青々とした芦の新穂をかきわけて近づいてゆくと、真柄源之丞と石丸孫助はすぐさま立ちあがった。

三人の浪人者は早くも刀を抜きはなち、左右に分かれて殺気をみなぎらせている。

真柄源之丞は刀を抜き放つと高飛車《たかびしゃ》に豪語した。

「ほかの者は勝手についてきただけだ。手出しはさせぬ」

「ほざくな。助太刀《すけだち》だろうが、おれにはどうでもいいことだ。好きにしろ」

平蔵はずかずかと歩をすすめつつ、ソボロ助広の剛刀を鞘走らせると、小平太に目を走らせた。

小平太は左に走りながら斬《き》りつけてきた浪人者の刃を跳ね返しざま、返す刃で袈裟《けさ》懸《が》けに斬り捨てた。

石丸孫助は刀の柄《つか》に手をかけたまま、残りの浪人者に向かって怒声をあげた。

「きさまらは手出しすな！　これは果たし合いだぞ」

平蔵は小鹿小平太に声をかけた。

「そいつは居合いを遣う。気をつけられよ」

その瞬間、石丸孫助が一気に間合いを詰めて抜き撃ちの一閃《いっせん》を放った。

瞬速の居合い抜きだったが、小平太は俊敏にうしろに跳んで刃を合わせると、巻き込むような鋭い一撃を石丸孫助に浴びせた。鋒《きっさき》が石丸孫助の右の手首に嚙みついた。

孫助は飛びすさって構え直したが、右手首から鮮血が噴き出していた。

平蔵と真柄源之丞は身じろぎもせず、長い対峙《たいじ》にはいった。

平蔵は青眼《せいがん》に構え、真柄源之丞は右上段に構えていた。

鋒が鶺鴒《せきれい》の尾のようにひくひくと微かに震え、右へ右へと移動している。

眼差しは獲物を狙う鷹《たか》のように鋭く、瞬《まばた》きひとつしない。

――こいつは鉢谷甚之介より腕は勝るな……。

そう思った瞬間、真柄源之丞は疾風《はやて》のように間合いを一気に詰めて、上段から懸河《けんが》のような凄まじい一撃をふりおろしてきた。

その刃の下を一瞬早く走りぬけざま、真柄源之丞の手元にとびこむと、横殴りの一閃を放った。真柄源之丞の躰は弾かれたように横に跳んだが、存分に刃が胴を斬り割った重い手応えがあった。

構えを青眼にもどして、真柄源之丞を見守った。横に跳んだものの真柄源之丞の足がかすかによろめいている。

油断なく見つめながら、間合いを詰めていった。

しばらくして真柄源之丞は鋒をあげて青眼に構えようとしたが、不意にぐらりと上体がゆれて剣をぽろりと落とした。

躰を右に、左にゆらしながら平蔵を見て、声も立てず、にやりと笑いかけた。

「きさま……さすがに、できるな」

がくりと膝をつき、また、つぶやいた。

「これで……楽になれる」

ふいに顔を雑草のなかに埋めこむように突っ伏した。

そのとき、平蔵は背後から殺気を察知し、振り返りざま横殴りの一閃をふるった。

声も立てずに二、三歩泳ぐようにつんのめった浪人者が、真柄源之丞のかたわらに倒れこんでいった。

同時に鋭い小鹿小平太のヤ声《ごえ》が弾けた。

振り向くと、肩口から小鹿小平太の一撃を浴びた石丸孫助が、血しぶきを噴き上げて突っ伏すのが見えた。

残った浪人者が泳ぐように草むらのなかを逃げ去っていく。

「どうやら、おわったようですな」

小鹿小平太が刃の血糊《ちのり》を懐紙《かいし》で拭いながら笑いかけた。

「船頭め、ちゃんと待っておりますかのう」

「あやつの顔つきなら心付け欲しさに待っておるにちがいなかろう」

平蔵も懐紙でソボロ助広の血糊を拭いとって鞘に納めた。

彼方に西日がまぶしく燃えている。

――それにしても、水無月藩の、それも義理の仲とはいえ、兄弟二人を十万坪で葬《ほうむ》るとは皮肉なものだ……。

剣士の業《ごう》の深さが苦くこみあげてきた。

扇橋の袂《たもと》に待たせておいた猪牙舟で竹町の渡しまで戻ってきたころには、とうに日は沈み、浅草は宵闇《よいやみ》にとっぷりと包まれていた。

広小路で小鹿小平太と別れ、「おかめ湯」の前にさしかかったとき、ついでに湯を使って帰ろうかと思ったが、筒袖と括り袴に二本差しという医者らしからぬ、ものものしい格好で顔を出すのもどうかと思い直して自宅に向かった。

腹もすいていたが、ともかく早く畳のうえで大の字になって寝転びたかった。かといって帰って飯を炊《た》く気にはなれそうもない。

足取りも重く、蛇骨長屋の前を通って自宅のある路地の角を曲がった。

路地にほのかな灯りがさしている。

行灯《あんどん》の灯りは無人のはずの自宅から漏れているようだった。

——まさか……。

と思って引き戸をあけると、奥の間から由紀が顔を見せ、足袋のままで土間に駆けおりてくるなり、ひしと平蔵の胸にすがりついてきた。

「よかった。ご無事で……」

由紀は睫毛を伏せて、肩を鋭く小刻みにふるわせた。

「そなた、ずっとここにいたのか……」

「きっと戻っていらっしゃると信じていましたもの」

「おかめ湯のほうはよいのか……」

「え……ええ、それはもう、わたくしがいなくても別に困ることはありませんわ」

そういうと由紀はしあわせそうに平蔵の胸に顔を埋めこんだ。

竈《かまど》で飯が炊きあがったらしく、釜が吹きこぼれていた。

平蔵はなんといってよいやら言葉が見つからず、柔らかにしなう由紀の腰を抱きよせたまま土間に立ちつくしている。

決して戯《たわむ》れに由紀を抱いたわけではないが、この愛《いと》おしい生き物をどうしてよいものか、平蔵は途方に暮れていた。


（ぶらり平蔵　鬼牡丹散る　了）

参考文献

『江戸10万日全記録』　明田鉄男編著　雄山閣
『江戸あきない図譜』　高橋幹夫著　青蛙房
『大江戸八百八町・知れば知るほど』　石川英輔監修　実業之日本社
『もち歩き江戸東京散歩』　人文社編集部　人文社

コスミック・時代文庫

ぶらり平蔵《へいぞう》
決定版⑮鬼牡丹散る

2023年6月25日　初版発行

【著 者】
吉岡道《よしおかみち》夫《お》

【発行者】
相澤　晃

【発 行】
株式会社コスミック出版
〒154-0002 東京都世田谷区下馬 6-15-4
代表　TEL.03(5432)7081
営業　TEL.03(5432)7084
FAX.03(5432)7088
編集　TEL.03(5432)7086
FAX.03(5432)7090

【ホームページ】
http://www.cosmicpub.com/

【振替口座】
00110-8-611382

【印刷／製本】
中央精版印刷株式会社

ISBN978-4-7747-6479-5 C0193